UNE RENCONTRE EN WESTPHALIE

Remontant le cours du temps jusqu'à cette époque baroque où sa veine picaresque retrouve ses lointaines origines, Günter Grass a imaginé un congrès des écrivains allemands d'alors, qui se serait tenu à Telgte, en Westphalie, à la veille des traités mettant fin à la guerre de Trente Ans.

Nous sommes en 1647. C'est ainsi que Simon Dach, le poète, les a tous invités à se réunir pour demander aux princes de conclure enfin la paix, et parce que l'Allemagne, exsangue et dévastée, n'existe plus que par le langage, dont ils sont les ouvriers.

Il se sont donc mis en chemin, des quatre coins du champ de bataille : pauvres hères, nobles et bourgeois, prêtres et étudiants, jeunes et vieux. A pied, à cheval ou en chariot, ils ont à peu près échappé aux lansquenets de tous bords, aux brigands et aux pestes. Quatre jours durant, dans l'auberge de Libuska – celle qui deviendra le modèle de Mère Courage –, ils se lisent leurs œuvres, ils se querellent, ils baffrent, ils troussent les servantes, et surtout : ils parlent. Et puis chacun reprend sa route.

Tel est l'hommage malicieux et tendre, truculent et grave que l'auteur a tenu à adresser pour le double anniversaire de Hans Werner Richter et du Groupe 47*. Sans doute ce que Günter Grass a écrit de plus achevé et de plus réussi. Jamais sa verve ne s'est alliée à autant de finesse et d'érudition Et c'est bien à ce savant mélange de poésie et de vérité que tient le charme de ce récit.

* Le Groupe 47, créé en 1947 par Hans Werner Richter et Alfred Andersch, a largement contribué à faire connaître de nombreux écrivains allemands de talent (notamment H. Böll et G. Grass).

Né en 1927 à Dantzig, Günter Grass étudia la peinture et la sculpture avant de se tourner vers la littérature. C'est au cours d'un long séjour à Paris qu'il écrivit son premier roman, Le Tambour, *qui, traduit en onze langues, lui assura une fulgurante renommée. Tandis qu'il confirmait son génie de conteur et de satiriste dans des œuvres romanesques comme* Les Années de chien, Le Chat et la Souris, *il évoquait, par ailleurs, ses expériences et ses préoccupations politiques dans* Évidences politiques, Journal d'un escargot, Les Enfants par la tête *; dans* Propos d'un sans-patrie, *et* L'Appel du crapaud, *il a pris courageusement position sur la réunification allemande et la réconciliation germano-polonaise. Enfin, il nous donne sa vision personnelle et caustique du siècle finissant dans* Mon siècle. *Il a reçu en 1999 le Prix nobel de Littérature.*

Günter Grass

UNE RENCONTRE EN WESTPHALIE

ROMAN

Traduit de l'allemand
par Jean Amsler

Éditions du Seuil

TEXTE INTÉGRAL

TITRE ORIGINAL
Das Treffen in Telgte
ÉDITEUR ORIGINAL
Hermann Luchterhand Verlag

ISBN original : 3-472-86480-X

ISBN 2-02-040361-7
(ISBN 2-02-005725-5, 1re édition
ISBN 2-02-018224-6, 1re publication poche)

Je dédie ce livre à
Hans Werner Richter.

Avertissement du traducteur

La *diction* propre à ce texte où l'on parle beaucoup posait un problème particulier : celui de l'*archaïsme.* Cette orientation du style est en effet d'un usage constant quand un auteur prête sa voix à des personnages du passé, et le lecteur se fût étonné de ne la rencontrer point. Le problème posé, restait à le résoudre.

Par chance, ou grâce à l'histoire, un *long parallélisme* rapproche, dans leur évolution, l'allemand du français à travers les siècles : le poids du latin leur est commun; de part et d'autre, l'Église a contribué simultanément à développer la langue abstraite, affûtée au fil des controverses théologiques, puis philosophiques, etc., si bien que c'est une règle d'or, au moins en théorie, d'appliquer à la traduction d'un texte provenant de telle époque, allemand ou français, la langue française ou allemande du siècle et, naturellement, du milieu correspondant. Cette règle, j'ai tenté de l'appliquer en traduisant ce « Colloque 16-47 ».

Grass, écrivain du XXe siècle, ayant largement contribué à alléger l'allemand littéraire de ses empâtements snobs, kitsch et post-goethéens, est remonté sciemment à l'*âge baroque,* à 1647. Le traducteur a dû faire de même. Circonstance favorable : Grass donne la parole à des *littérateurs* épris, comme d'ailleurs tous les écrivains européens de ce temps, de leur *langue nationale* et désireux de la constituer en littérature.

J'ai pu, guidé par les anthologies, remonter à l'allemand baroque, vers et prose. Notons au passage que, sauf quelques spécialistes, on en ignorait en France à peu près tout, à l'exception peut-être de Grimmelshausen dont se sont inspirés Brecht puis Grass.

Il restait à trouver, pour se mettre en cervelle, des équivalents français. Nos classiques sont trop conséquemment épurés du fatras docte ou populaire. Les mémorialistes guindent souvent leur style par émulation de Tacite. Les épistoliers portent perruque. Rabelais ou Monluc sont trop anciens, d'Aubigné abrupt. Finalement j'ai recouru, pour accorder ma lyre épigonale, à des auteurs depuis longtemps familiers : l'*Histoire macaronique* de Merlin Coccaie (1602), le *Moyen de parvenir* de Béroalde de Verville (1610). Ce dernier ouvrage présente par le ton et les propos une ressemblance avec notre « colloque ». J'ajouterai le *Jargon réformé des mercelots* (1628), Scarron et son *Roman comique* (1651-1657), le Furetière du *Roman bourgeois* (1666), Saint-Simon enfin pour cette « irrégularité » de style qu'on lui reprochait encore il y a cinquante ans. Si donc il m'est arrivé d'écorcher le français ou les oreilles, c'est sous leur patronage commun.

De ces facilités résultait un écueil : trop verser dans un Louis XIII de contrefaçon; j'ai tâché de l'éviter.

Enfin partout apparaît dans ce texte combien la littérature européenne de ce temps-là devait aux Espagnols, entre le Lazarille et Gongora, d'Ignace à Balthazar Gracian.

J. A.

I

Hier sera ce qu'a été demain. Nos histoires d'aujourd'hui n'ont pas besoin de s'être passées maintenant. Celle-ci commençait il y a plus de trois cents ans. D'autres histoires aussi. Toute histoire roulant en Allemagne date d'aussi long. Ce qui commençait à Telgte, je le note parce qu'un ami qui, en la quarante-septième année de notre siècle, avait autour de lui rassemblé ses amis, va célébrer son soixante-dixième anniversaire; pourtant il est plus ancien, bien plus ancien — et nous autres, ses amis présents, sommes avec lui : couverts de la cendre grise de ce jadis.

De Lauremberg et de Greflinger, l'un descendait du Jütland, l'autre montait de Ratisbonne à pied, les autres à cheval ou en chariot bâché. Tandis que le bateau en amenait quelques-uns au fil de l'eau, le vieux Weckherlin prit la voie maritime de Londres à Brême. Ils arrivaient de près et de loin, de toutes les provinces. Un négociant attentif aux délais et aux dates comme au gain et à la perte se fût étonné que fussent aussi ponctuels à dessein des hommes du pur événement verbal, d'autant que villes et campagnes étaient encore dévastées, ou même l'étaient à nouveau, dépeuplées par la peste, envahies de chardons et d'orties, et tous les chemins peu sûrs.

C'est pourquoi Moscherosch et Schneuber, venus de Strasbourg, atteignirent le but convenu sans leur bagage (à l'exception des portefeuilles contenant leurs manuscrits dont les bandits de grand chemin n'avaient que faire) : Moscherosch, hilare, enrichi d'une satire; Schneuber geignant, évoquant déjà les épouvantements du retour. (Il avait eu les fesses meurtries par des coups de plat d'épée.)

Il avait fallu que Czepko, Logau, Hoffmannswaldau, munis d'un sauf-conduit de Wrangel, recherchassent tour à tour les détachements suédois qui fourrageaient jusqu'en Westphalie pour atteindre Osnabrück sans encombre; en revanche, ils furent témoins des quotidiennes atrocités des fourrageurs qui ne demandaient sa confession à aucun pauvre diable, et en furent touchés en plein. Les objections n'arrêtaient pas les reîtres de Wrangel. Pour un peu l'étudiant Scheffler (une découverte de Czepko) eût été dépêché pour s'être mis devant une paysanne de Lusace qu'on allait, comme à l'instant d'avant le paysan, empaler sous les yeux de leurs enfants.

Johann Rist était venu de Wedel-sur-l'Elbe tout proche en passant par Hambourg. L'éditeur strasbourgeois Mülben avait pris un coche à Lünebourg. Le trajet le plus long, venant du Kneiphof de Kœnigsberg, avait été le plus sûr, car Simon Dach, dont les invitations avaient motivé ce branlebas, l'avait fait dans l'escorte de son prince. Dès l'année précédente, quand Frédéric-Guillaume de Brandebourg s'était fiancé à Louise d'Orange, et qu'à cette occasion Dach avait été admis à réciter dans Amsterdam le panégyrique rimé pour la circonstance, on avait rédigé les nombreuses lettres d'invitation décrivant le lieu du rendez-vous et, grâce à l'appui du prince, assuré leur acheminement.

(Souvent c'étaient les agents secrets partout apostés qui devaient s'entremettre.) Ainsi Gryphius reçut son invitation bien que depuis un an il voyageât en Italie avec Wilhelm Schlegel, négociant de Stettin, et ensuite en France; dès le voyage de retour (il se trouvait à Spire) la lettre de Dach lui fut remise. Il partit à point et amena Schlegel.

Ponctuellement arriva le maître de langage Augustus Buchner, venu de Wittenberg. Après avoir plusieurs fois renoncé, Paul Gerhardt fut exact quand même. Filip Zesen, que le courrier atteignait à Hambourg, passa par Amsterdam prendre son éditeur. Personne ne voulut rester à l'écart. Rien, que ce fût service d'école, d'État ou de cour, qui pût les retenir ne les arrêta. Si l'argent leur manquait pour le voyage, ils avaient cherché un mécène. A défaut, comme Greflinger, ils étaient venus au but portés par l'amour-propre. Et si l'un d'eux, écoutant son amour-propre, pensait ne point partir à temps, la nouvelle que d'autres étaient déjà en route le rendait d'humeur à partir. Même ceux qui se voyaient d'un mauvais œil, comme Zesen et Rist, voulaient se rencontrer. Chez Logau, la curiosité d'y être l'emporta sur la raillerie inextinguible que lui inspirait cet attroupement de poètes. Leurs attaches familières ne purent les retenir. Nulle longue entreprise, nul amour plaisant ne purent les fixer. Ils avaient envie d'être ensemble. De surcroît, tandis que se négociait la paix, le trouble, la quête allaient croissant. Personne ne voulait rester seul à l'écart.

Mais avec quelque fringale de dialogue littéraire que ces messieurs eussent donné suite à l'invitation de Dach, ils versèrent aussitôt dans le découragement quand le cantonnement leur fit défaut à Œsede, bourg proche d'Osnabrück, où devait avoir lieu la rencontre — le Cheval Noir, prévu par Dach, bien qu'il eût été réservé à temps, avait été occupé par l'état-major du conseiller de guerre suédois Erskein, venu récemment présenter au Congrès les demandes d'indemnisation de l'armée Wrangel et imposer à la paix de nouvelles dépenses. Quand les chambres n'étaient pas garnies de secrétaires régimentaires et de colonels de Koenigsmarck, on les avait bourrées de paperasses. La grande salle d'auberge, dans laquelle on aurait voulu tenir colloque, s'entre-lire des manuscrits, était devenue dépôt de vivres. Partout traînaient reîtres et mousquetaires. Des estafettes entraient et sortaient. Erskein refusa l'audience. Un prévôt à qui Dach présenta sa location écrite du Cheval Noir éclata d'un rire qui gagna l'alentour quand Dach sollicita le remboursement des arrhes par la caisse suédoise. Dach essuya un refus vertical et revint. Les idiots étaient forts. Leur vacuité portait la cuirasse. Leurs ricanements étaient stupides. L'on fut tout juste admis à faire halte dans la petite salle. L'aubergiste conseillait aux poètes d'aller en Oldenbourg où l'on trouvait tout, même à se loger.

Déjà les Silésiens envisageaient de pousser vers Hambourg, Gerhardt de rentrer à Berlin, Moscherosch et Schneuber d'aller en Holstein avec Rist, Weckherlin de prendre le premier bateau pour Londres; déjà la plupart, sans égards pour Dach, menaçaient de réduire à néant la rencontre; même Dach — habituellement le flegme incarné — en venait à douter de son entreprise; déjà l'on était dans la rue avec son bagage, ne sachant où aller, quand arrivèrent — juste à temps, comme le soir allait tomber — ceux de Nüremberg : Harsdörffer, en compagnie de son éditeur Endter, et le jeune Birken; les escortait un gaillard à la barbe rousse qui s'appelait Christoph Gelnhausen et dont les allures insolemment juvéniles — il avait dans les vingt-cinq ans — démentaient le visage grêlé. Dans son pourpoint vert sous un chapeau à plumail, il avait l'air inventé de toutes pièces. Quelqu'un dit : C'est un pur produit d'un passage des cavaliers de Mansfeld. Pourtant il apparut que Gelnhausen était plus réel que son apparence. Il commandait un parti de reîtres et de mousquetaires impériaux campés en lisière du bourg, car les environs des villes du Congrès avaient été déclarés neutres, et toutes actions de guerre interdites en ces lieux.

Dach expliqua aux gens de Nüremberg l'embarras où se trouvaient les poètes; aussitôt, par un discours prolixe tout enrubanné d'images, Gelnhausen offrit ses services; et Harsdörffer prit Dach *a parte :* Certes l'homme parlait comme un astrologue forain — il s'était présenté à l'assemblée comme un favori de Jupiter à qui Vénus, ainsi qu'on le voyait, avait rendu la monnaie de sa pièce en pays welsche — mais il était fourni de cervelle et plus orné de lectures qu'il n'y paraissait à son affectation de bizarrerie. Pour le reste, l'homme servait comme greffier au régiment de Schauenburg qui tenait garnison à Offenburg. A Cologne, où ils s'étaient rendus par bateau de Wurzbourg, le Gelnhausen les avait tirés d'affaire quand Endter avait tenté d'introduire sans permission un lot de livres sans aveu. Par chance, le Gelnhausen avait pu les laver, aux yeux des papistes, du soupçon de fomenter l'hérésie. Il mentait mieux qu'un livre. Son bagoulier clouait le bec aux jésuites. Il avait dans sa manche les Pères de l'Église, mais aussi tous les dieux et leurs constellations. Il savait le dessous des cartes et, de plus, se trouvait partout chez lui : à

Cologne, à Recklinghausen comme à Soest. Il leur serait peut-être utile.

Gerhardt exhortait à ne pas se commettre avec le partisan impérial. Hoffmannswaldau en restait ahuri car, tout à l'heure, l'homme avait cité des extraits de l'*Arcadia* dans la traduction d'Opitz. Moscherosch et Rist souhaitaient au moins entendre les propositions du greffier régimentaire, d'autant que Schneuber, qui était de Strasbourg, s'était informé de quelques détails courant la ville et garnison d'Offenburg, et l'autre leur avait donné du corps par des ragots de garçon de bains.

Finalement Gelnhausen put se déclarer aux poètes enfin rassemblés, mais désespérément destitués de logis. Ses propos étaient aussi dignes de foi que l'éclat des boutons dorés rangés en deux files sur son pourpoint vert : Étant cousin de Mercure, et, pour ce motif, toujours par monts et par vaux à l'égal de ce dernier, il devait se rendre à Münster aux ordres de son maître, colonel sous le harnois de Mars, pour y porter une nouvelle secrète à monsieur Trauttmannsdorff, négociateur en chef de l'Empereur, que l'acide Saturne avait engraissé de sagesse afin que la paix revînt. Cette peine n'avait pas trente lieues de long. Par lune presque pleine. Terrain plat. Si ces messieurs ne voulaient pas se rendre à Münster, lieu papiste, on passait par Telgte, jolie petite ville certes appauvrie, mais demeurée sauve, parce qu'on avait pu en repousser les Hessois et ne se lassait pas d'alimenter les caisses des régiments de Kœnigsmarck. Et comme Telgte, on le savait, était de longue date un lieu de pèlerinage, il y ferait un quartier pour ces beaux pèlerins des muses. Il l'avait appris dès l'enfance : à loger toutes sortes de dieux.

Le vieux Weckherlin tenait à savoir comment un protestant pouvait se gagner une telle faveur impériale, car, ma foi, le Gelnhausen portait des nouvelles urgentes au parti papiste; le greffier répondit : Peu lui importait la religion pourvu qu'on lui laissât la sienne. D'ailleurs le message pour Trauttmannsdorff n'était pas si secret. Tout le monde le savait : au camp du maréchal Turenne, les régiments weimariens s'étaient mutinés contre la tutelle welsche et dispersés. Pareille nouvelle vous devançait à la course et ne valait pas qu'on se pressât. Il aimait mieux rendre un petit service à une douzaine de poètes sans logis, d'autant que lui-même — par Apollon! — était homme de plume, quoique ce ne fût pour l'instant qu'en la chancellerie du régiment « colonel Schauenburg ».

Sur ces entrefaites, Dach acquiesça. Et Gelnhausen mit fin à son hirsute discours à demi saugrenu : il donna des ordres à ses reîtres et mousquetaires.

2

Depuis bientôt trois ans qu'avaient commencé les négociations de paix, la route d'Osnabrück à Münster par Telgte voyait passer en quantités les équipages et les courriers équestres véhiculant dans les deux sens un fatras qui grossissait les archives : pétitions, mémoires, lettres de banale intrigue, invitations à festivités et rapports d'espionnage sur les mouvements qu'insoucieuses du négoce pacifique exécutaient les armées; allant du camp catholique à l'autre ou inversement, compte tenu que les lieux occupés par les confessions ne répondaient pas en tout aux positions militaires d'ami à ennemi : la France catholique, par le bon vouloir du Pape, s'était fixée à l'Espagne, à Habsbourg et Bavière; les Saxons protestants tenaient tantôt un pied tantôt l'autre dans le camp impérial. Peu d'années auparavant, les Suédois luthériens avaient attaqué le Danemark qui l'était aussi. Bavière intriguait en sous-main pour gagner le Palatinat. A quoi venaient s'ajouter les mutineries et changements de camp des corps de troupe, les contradictions des Pays-Bas, les pleurs des états de Silésie, l'impuissance des villes d'Empire, l'intérêt variable, quoique invariable en ses appétits de territoires, des Alliés; c'est pourquoi, un an auparavant, quand on traitait de céder l'Alsace à la France, la Poméranie avec Stettin à la Suède, en particulier les représentants de Strasbourg et des villes baltiques avaient usé leurs semelles (désespérément autant que pour des prunes) entre Münster et Osnabrück. Rien d'étonnant si la route des villes de la paix était dans un état analogue au déroulement des négociations et à la condition de l'Empire.

Toujours est-il qu'il fallut aux quatre attelages que Gelnhausen avait en un tournemain réquisitionnés plutôt qu'empruntés plus de temps que prévu pour acheminer sur Telgte les messieurs sans abri, au nombre d'une vingtaine, en descendant les contreforts de la forêt de Teutoburg par le pays de Tecklenburg. (On avait décliné l'offre faite par un sacristain de leur monter un hébergement de fortune dans un couvent de religieuses abandonné, proche d'Œsede, où avait cantonné le Suédois, car la bâtisse à demi ruinée n'avait pas le moindre confort; seuls Logau et Czepko, par méfiance à l'égard de Gelnhausen, se prononcèrent pour le logement de fortune.)

Déjà la nuit d'été blêmissait derrière eux quand Simon Dach régla le péage pour le convoi. Et, à peine franchi le pont sur l'Ems extérieure, mais avant le bras du cours d'eau qui délimite la ville devant la porte d'Ems, à l'hôtel du Pont, maison de pierre à hauts pignons et toit de roseau située en pleine brousse des rives et présentant au premier regard peu de dommages de guerre, Gelnhausen fit le cantonnement à sa manière. Il prit à part l'hôtesse que de toute apparence il connaissait, échangea des propos à voix basse avec elle avant de la présenter à Dach, Rist et Harsdörffer comme une amie de longue date : Libuschka, c'était, sous sa pommade, une femme déjà d'un certain âge qui s'était enveloppée d'une couverture de cheval, portait culotte comme un soldat, parlait cependant avec recherche et se rangeait dans la noblesse de Bohême : son père avait, dès le début, combattu pour la cause protestante avec Bethlen Gabor. Elle savait quel honneur c'était pour sa maison. Elle logerait ces messieurs sinon dans l'instant même, du moins tout à l'heure.

Aussitôt Gelnhausen avec ses Impériaux fit devant l'écurie, devant l'hôtel, dans la salle, au haut de l'escalier et devant les chambres un tel tapage que les chiens de garde à la chaîne dans la cour manquaient de s'étrangler, et n'eut de cesse que tous les clients avec leurs rouliers ne fussent tirés du sommeil. A peine ces messieurs — c'étaient des négociants hanséates qui, par Lemgo, voulaient aller à Brême — furent-ils réunis devant l'auberge que Gelnhausen leur commanda de l'évacuer. Il ajouta, pour appuyer cet ordre : Quiconque tenait à sa vie gardât ses distances. Il y avait parmi les gens harassés, à demi morts ainsi qu'on le voyait, dans les voitures et devant les voitures, quelques candidats à la paille mortuaire atteints de peste bubonique. Avec son détachement, il convoyait une infortune qu'il fallait tirer à l'écart pour ne point troubler les pourparlers de paix; donc, étant médecin d'escorte du nonce pontifical Chigi, il avait ordre impérial non seulement, mais aussi suédois, de mettre en quarantaine la morbide cohorte. Et ce immédiatement et sans discussion, sinon il se verrait contraint de mettre au feu les chariots des négociants et leurs ballots au bord de l'Ems. La peste — chacun le savait, et il parlait en médecin au fait de toutes sagesses saturniennes — n'épargnait pas la richesse, voire s'appliquait délibérément aux choses de prix et tournait avec une particulière dilection son haleine fiévreuse vers les messieurs vêtus de drap brabançon.

Quand les messieurs demandèrent une motivation écrite de leur éviction, Gelnhausen, tirant son épée, la dit être sa plume d'oie, entendit savoir à qui premièrement il devait administrer la preuve écrite et dit ensuite : Il se voyait obligé d'inviter instamment les hôtes, lors de leur départ immédiat, au nom de l'Empereur et de ses ennemis, à garder le silence sur le motif de leur départ soudain, par Mars et ses chiens de guerre.

Cette harangue vida promptement l'hôtel du Pont. Jamais on n'attela plus alertement. Là où l'on tardait, les mousquetaires prêtaient la main. Avant que Dach, avec quelques-uns des poètes, ait pu élever une protestation contre l'immoralité de ce méchant tour, Gelnhausen avait établi le cantonnement. Non sans hochements de tête, sous les apaisements de Moscherosch et de Greflinger qui pensaient interpréter ce procédé en drame satyrique pour en rire, on prit possession des chambres évacuées et des lits encore tièdes.

Outre le négociant Schlegel, certains imprimeurs de Nüremberg, Strasbourg, Amsterdam, Hambourg et Breslau avaient répondu en qualité d'éditeurs à l'invitation de Dach; on put donc sans peine compenser le dommage subi par l'hôtesse Libuschka (visiblement, elle appréciait ses nouveaux clients) d'autant que les hanséates évacués avaient laissé sur place quelques ballots d'étoffe, quelques pièces d'argenterie de table et quatre tonneaux de bière brune du Rhin.

Le parti de Gelnhausen s'établit dans l'écurie construite latéralement sur le devant. Par le vestibule d'entrée, entre la petite salle et la cuisine, derrière lesquelles prenait la grande salle, les poètes montèrent les deux volées de marches conduisant à l'étage. Menus incidents au moment de répartir les chambres. Zesen, après un échange de propos vifs avec Rist, choisit pour camarade Lauremberg. L'étudiant en médecine Scheffler versa des larmes. Dach, comme les chambres ne suffisaient pas, le logea dans la paille du grenier avec Birken et Greflinger.

Puis le bruit courut que le pouls du vieux Weckherlin ne battait plus que faiblement. Schneuber, qui partageait la chambre de Moscherosch, réclama un onguent vulnéraire. Gerhardt et le magister Buchner voulaient chacun une chambre tout seul. Hoffmannswaldau fut avec Gryphius, Czepko avec Logau. Harsdörffer ne quitta pas son éditeur Endter. Rist en voulait à Zesen qui en avait autant contre Rist. Dans tout cela, l'hôtesse avec ses trois chambrières vint en aide aux nouveaux clients. La Libuschka connaissait les noms de quelques messieurs. Elle pouvait réciter des strophes des cantiques de Gerhardt. Harsdörffer lui fit raison par des fleurs choisies au jardin des Bergers de la Pegnitz. Et plus tard, quand elle prit place dans la petite salle avec Moscherosch et Lauremberg à qui se coucher ne disait rien, qui préféraient poursuivre leur veille matinale à l'aide de bière, de pain et de fromage, elle sut leur évoquer en phrases ramassées le contenu de quelques *Songes* tirés du *Philandre* de Moscherosch. Telles étaient les lectures de l'hôtesse Libuschka, bien faite pour accueillir le colloque des poètes, de la Courage, comme plus tard Gelnhausen la nomma quand, bien accueilli comme chef de cantonnement, il prit place avec eux.

Le sommeil fuyait Simon Dach. Étendu dans sa chambre,

il recomptait combien de gens il avait invités par lettre, persuadés en chemin, oubliés exprès ou non, mis sur recommandation dans sa liste ou éliminés, et qui n'était pas encore arrivé : son ami Albert pour qui le second lit de la chambre était tenu prêt.

Soucis du matin : ils chassent le sommeil, font somnoler : Peut-être Schottel viendrait-il ? (Mais il ne vint pas de Wolfenbüttel parce que Buchner était invité.) Nuremberg excusait Klaj pour maladie. Malheur si Rompler venait quand même. Fallait-il escompter la venue du Prince Ludwig ? (Mais le chef de la Société Fructifère demeura dans Köthen, vexé : Dach qui n'était pas au rôle des membres de l'Ordre du Palmier et se donnait avec insistance comme bourgeois déplaisait au Prince.)

Il était bon d'avoir laissé au Cheval Noir d'Œsede la nouvelle qu'on se réunirait ailleurs dans le même dessein d'être ensemble, proche des lieux où se trafiquait la paix, par amour d'une langue si douloureusement saboulée. On y tiendrait séance tant qu'on n'aurait pas fait le tour des tribulations de la Poésie et des misères de la patrie.

Lui manqueraient Opitz et Fleming. Arriverait-on à couper l'herbe sous les pieds de la théorie ? Et qui d'autre viendrait-il encore sans être invité ? C'est sur ces réflexions que Dach, envoyant un désir corporel à sa femme Regina, glissa dans le sommeil.

3

Ou bien il écrivit encore à Regina sa femme, née Pohl, que partout, au Kneiphof, parmi les étudiants de l'Académie, dans le cercle de ses amis, Albert, Blum, Roberthin, et même chez le Prince-Électeur, on appelait la Pohlin *, ou la Pohlin de Dach. Sa lettre débutait par le désespoir, continuait en narrant avec humour les péripéties de la quête d'un logis, finalement remettait entre les mains d'un Dieu avisé dans sa bonté le déroulement de la rencontre, rendait compte à Kœnigsberg sans approfondir l'événement : Avec quelle grossièreté le Suédois les avait expulsés d'Œsede; comment Gelnhausen qu'on appelait Christoffel ou Stoffel avait réquisitionné quatre chariots bâchés et leurs attelages dans le parc des États protestants; comment de nuit, par un premier quartier de lune et suivant les torches des reîtres impériaux, mais épargné par des orages grondant au loin, l'on avait pris le chemin d'ornières en direction de Münster pour gagner Telgte; comment, encore en cours de route, le Moscherosch s'était mis, avec Greflinger et Lauremberg, tous trois, à boire un excès de brandevin, à brail-

* *NdT :* Jeu de mots entre Pohlin, « fille de Pohl », et *Polin,* « Polonaise ».

ler des rengaines et à canuler le toujours digne Gerhardt; mais que Czepko et le vieux Weckherlin s'étaient bravement portés à la rescousse de cet homme sensible, si bien qu'ils avaient passé le reste du chemin, du moins dans trois des quatre chariots, à chanter des cantiques spirituels, ce que faisant la chanson à couplets de Gerhardt tout récemment imprimée *Voici que dorment les forêts / Et les villes et les guérets, / Voici que dort le monde* avait été reprise même par les frères *inter pocula;* et comment la plupart, à côté de lui Gryphius devenu rond de partout, étaient tombés du chant dans le sommeil, si bien que, parvenu au but du voyage, l'infecte action de Gelnhausen qui, par son éloquence, les avait rendus pestifères au point que l'odeur même y était, avait passé inaperçue ou été trop tard observée; et comment, en dépit ou à cause de l'immoralité maudite ou — en ce qui le concernait lui — acquittée d'un sourire, on était allé au lit : les uns moquant l'anxieuse hâte des épiciers fugitifs et arrosant encore cette lugubre plaisanterie, les autres implorant en douceur le pardon de Dieu, mais pourtant assez fatigués tous pour que nulle algarade n'éclatât entre ceux de Silésie, ceux de Strasbourg et ceux de Nuremberg, risquant derechef de mettre en péril la rencontre. Entre les seuls Rist et Zesen, comme on s'y attendait, ça sentait le silex. En revanche, Buchner, puisque Schottel ne viendrait pas, promettait de garder la mesure. Les Silésiens avaient amené un étudiant pétri d'angoisse. Hoffmannswaldau ne tranchait pas le moins du monde du fils à papa noble. Tous, sauf Rist qui n'avait de cesse de prêcher, et Gerhardt, étranger aux mœurs littéraires, se marquaient de l'amitié. Même le pornographe Greflinger prenait le fil et, jurant sur l'infidélité de Flora sa maîtresse, lui avait promis une décence passable. Schneuber tout au plus, qu'il voyait avec méfiance, laissait attendre des coups fourrés. Mais s'il le fallait, il mènerait la troupe avec rigueur. A part les buveurs dans la salle d'auberge et lui qui pensait à sa Pohlin, il n'y avait plus sur pied que les sentinelles doubles, qui plus est impériales, que le Gelnhausen avait postées devant l'hôtel du Pont pour les protéger. L'hôtesse était à coup sûr une gaupe, assez extraordinaire par ailleurs, qui parlait couramment italien avec Gryphius, payait de retour même en latin le magister Buchner et s'y retrouvait dans le bosquet des lettres comme une renarde dans le têt aux oies. Ainsi tout s'arrangeait singulièrement, comme par un dessein supérieur. N'était seulement ce lieu papiste. On soupçonnait à Telgte des rendez-vous secrets d'anabaptistes. L'esprit de Knipperdolling hantait toujours ces parages. Il trouvait la contrée sinistre, mais visiblement bonne pour des conciliabules.

Je laisserai à Dach et à sa correspondante le reste de ce qu'il écrivit. Je n'ai sous la main que ses ultimes pensées somnifères : elles tournaient autour du pour et du contre, couraient après et devant l'événement, faisaient entrer et sortir des personnages, se répétaient. J'y vais mettre bon ordre.

Dach ne mettait pas le moins du monde en doute l'utilité de la rencontre si longtemps préparée. Tant que durait la guerre, il aspirait plutôt qu'il ne travaillait à ce rassemblement. Opitz, peu avant sa mort, songeant à une rencontre de ce genre, ne lui avait-il pas écrit de son refuge danzigois : « *Une convention de tous poètes possibles, à Breslau ou en Pruzze, ferait une notre cause tant que la patrie est déchirée...* »

Mais personne, même Opitz, n'aurait eu à l'égal de Dach

l'oreille des poètes disséminés, car son caractère bâti en largeur et distribuant une chaleur alentour élargissait le cercle d'une telle rencontre au point d'y accueillir un solitaire vagabond comme Greflinger, le gentilhomme bel esprit Hoffmannswaldau, l'antilittéraire Gerhardt, sans trop l'élargir; car les mannequins du mécénat princier, amateurs exclusifs d'hommages rimés et fabricants de chants funèbres sur commande, demeuraient exclus de l'invitation. Même à son prince qui savait réciter par cœur quelques chansons de Dach et avait garni la caisse commune, Dach avait instamment suggéré de s'en tenir à une bienveillance externe.

Certes quelques messieurs (Buchner et Hoffmannswaldau) avaient conseillé d'attendre la conclusion de la paix, ou bien de siéger à l'écart des fureurs continuées de la guerre — mettons à Lissa en Pologne ou bien dans l'enclos intact de la Suisse; certes Zesen pensait entrer en concurrence par sa Confrérie Patriotique fondée à Hambourg au début des années trente et fomenter une antirencontre avec la Sincère Compagnie du Sapin de Rompler; mais la persévérance de Dach et sa volonté politique firent pencher la balance : dans sa jeunesse, il avait (sous l'influence d'Opitz) correspondu avec Grotius, Bernegger et le cercle de Lingelsheim, à Heidelberg; depuis lors, sur ces raisons, et quoiqu'il s'abstînt d'activité diplomatique (au rebours d'Opitz auparavant, et de Weckherlin qui persistait), il se concevait lui-même comme un « iréniste », c'est-à-dire homme de paix. En dépit de Zesen qui céda, et contre les intrigues du magister strasbourgeois Rompler qui ne fut pas invité, Simon Dach prévalut : en l'an quarante-sept, comme après vingt-neuf ans de guerre la paix n'était toujours pas faite, la rencontre devait avoir lieu entre Münster et Osnabrück, soit pour remettre en honneur le dernier lien qui restât, la langue commune, soit — ne fût-ce que par la bordure — pour tenir sa petite partie dans le concert politique.

Finalement on était qui. Quand tout gisait en ruine, seuls brillaient les mots. Si tous les princes s'étaient ravalés, le crédit échéait aux poètes. C'était à eux, non aux puissants, qu'appartenait l'immortalité.

S'il n'était pas assuré de son importance, Simon Dach croyait du moins à celle du rassemblement. Il avait dans un petit cercle — et loin des coups, comme on disait à Kœnigsberg — assemblé autour de lui poètes et amis des arts. On s'était réuni non seulement dans la Magistergasse où, grâce à une décision du Kneiphof, il était logé à vie, mais encore dans le petit jardin d'été que l'organiste de la cathédrale, Heinrich Albert, possédait dans l'île Lomse de la Pregel; on y lisait ses ouvrages, la poésie née de la circonstance ou conçue pour la circonstance : les habituels épithalames et chansonnettes qu'Albert mettait en musique. Les amis, par badinage, se nommaient la Société de la Tonnelle de Courges, sachant qu'au regard d'autres sociétés — ainsi l'Ordre Fructifère du Palmier ou la Sincère Compagnie du Sapin de Strasbourg, voire les Pastoureaux de la Pegnitz — ils n'étaient qu'un chétif rameau dans la futaie de la gent poétique allemande partout affairée.

Mais sachant combien on désirait entendre bruire l'arbre entier, et parce que son nom valait bien un jeu de mots *, lorsqu'en fin de matinée les voyageurs venus de loin eurent fini de dormir un bon coup ou se furent lavés de leur ivresse, Simon Dach, les ayant rassemblés dans la grande salle,

* *NdT* : L'allemand *Dach* signifie Toit.

tantôt serein, tantôt grave, comme c'était sa manière, leur fit cette harangue introductive : « Or donc, estimables amis, nous voulons en mon nom, car je vous ai invités, être ensemble comme sous un toit, afin que chacun à sa mesure contribue; et ainsi, tant qu'à la fin tout s'accorde, faire naître la compagnie tout ensemble pegnitzienne, fructifère et sincère du Sapin et de la Tonnelle de Courges patriotiques, afin qu'en la quarante-septième année de notre siècle souffrant, par-dessus les infinies palabres de paix, tandis que retentit toujours le bruit de guerre, notre voix, jusqu'à présent demeurée secrète, se fasse entendre; car ce que nous avons à dire, ce ne sont pas fadaises francisantes, mais en notre langue : " *Allemagne, où vas-tu? Par meurtre et pilleries, Voici trente ans bientôt que tu te supplicies...* " »

4

Dach avait tiré ce distique rimé d'un poème qu'il avait récemment terminé sans le donner encore à l'impression et qui relatait sur le mode plaintif la ruine de cette tonnelle de courges grimpantes qui avait été le rendez-vous des poètes de Kœnigsberg dans l'île Lomse et avait dû céder le pas à une route commerciale; en son souvenir, Heinrich Albert, organiste de la cathédrale, avait écrit une musique à trois voix.

Les vers leur ayant fait dresser l'oreille, Hoffmannswaldau, Rist, Czepko et d'autres pressèrent l'auteur de lire à haute voix toute la plainte, ce que Dach ne fit que plus tard, au troisième jour de lecture. Il ne voulait pas ouvrir le colloque par sa production à lui. Il n'admit aucun autre discours d'ouverture. (Zesen voulait par principe décrire sa Confrérie Patriotique et son articulation en corps de métier. Rist y serait aussitôt allé d'un discours contradictoire, car il méditait déjà de fonder plus tard l'Ordre du Cygne de l'Elbe.)

Simon Dach préféra demander au pieux Paul Gerhardt, pour alléger un peu son dépaysement, de prononcer une prière au nom de tous pour la réussite du colloque. Gerhardt le fit debout, avec une gravité de vieux-luthérien, et non sans brandir la menace d'une damnation pour les égarés présents; il visait sans doute les mystiques silésiens ou d'éventuels calvinistes.

Tout en abrégeant le silence qui suivit la prière, Dach ensuite invita ses « très honorables amis » à rendre hommage aux poètes dont la place eût été ici, parmi eux, si la mort ne les avait ravis. Il énuméra solennellement — tous se levèrent — « ceux qui nous ont quittés trop tôt », nomma tout d'abord Opitz, puis Fleming, ensuite le mentor politique de sa génération, l'iréniste Lingelsheim, Zincgref après lui, et surprit l'assemblée — déjà Gryphius virait au sombre — quand il fallut rendre un hommage posthume au jésuite Spee von Langenfeld.

Certes il était familier à beaucoup des personnes présentes qui imitaient couramment les ouvrages du théâtre jésuite qui avaient fait école; certes Gryphius, alors étudiant, avait jugé dignes de quelques « translations en langue tudesque » les odes latines du jésuite Jakob Balde; certes Gelnhausen, que personne, sinon Harsdörffer (et Greflinger), ne pensait admettre au sein de la compagnie, s'était donné pour catholique — et personne ne s'en choquait —, mais l'hommage funèbre rendu à Spee dépassait les forces de quelques-uns des messieurs protestants. Il en fût résulté une protestation bruyante ou une muette abstention si Hoffmannswaldau n'avait volé au secours de Dach qui, maintenant, le regard sévère, contenait l'assemblée émue; d'abord il cita le *Défi au Rossignol* de Spee qui, non imprimé, circulait en copies manuscrites : *le Chant de Pénitence d'un Cœur contrit : « Lorsque la nuit brune, le soir, Par son ombre nous vêt de noir... »* Puis d'abondance — comme s'il portait en lui l'original latin de la *Cautio criminalis,* le réquisitoire lancé par Spee contre l'Inquisition et la torture — quelques faits concrets, que suivirent les thèses; sans débrider, il loua le cran du jésuite et, provoquant le cercle assemblé (et en regardant Gryphius droit en face) demanda qui, parmi eux, dans la noire ville de Wurzbourg, aurait, comme Spee, vu quelque deux cents pauvres femmes misérables sous la torture, leur aurait, après l'aveu hagard par souffrance arraché, apporté ses consolations jusqu'au bûcher, puis aurait couché par écrit sa cruelle expérience et donné cette accusation à l'imprimerie?

Il n'y avait pas de réponse possible. Le vieux Weckherlin pleurait. Comme s'il avait voulu suggérer quelque chose, l'étudiant Scheffler dit : De plus, Spee avait, comme Opitz, péri de la peste. Dach ne retint que ce nom et fournit alors à Logau un texte imprimé afin — ne fallait-il pas honorer tous les morts — qu'il déclamât l'un des sonnets que Fleming, mort peu de temps après Opitz, avait écrits pour ce dernier tout en faisant route parmi les Tartares de la Nogaïa. Et Logau lut la nécrologie que lui-même avait composée pour le « Cygne du Bober », ainsi qu'on appelait encore Opitz, né à Bunzlau : *« Rome eut jadis mille poètes, Mais un Virgile seulement; Ainsi nous avons mille têtes, Mais un seul Opitz allemand. »*

Après avoir honoré Lingelsheim, l'ami de la paix, Dach, en mémoire de Zincgref, lut quelque échantillon de ses pénétrantes maximes : deux anecdotes plutôt gaies qui détendirent l'assemblée et, comme on l'en priait, encore une troisième.

Ainsi la cérémonie contrainte se tourna en plaisants devis. C'étaient surtout les vieux qui savaient des histoires sur les défunts. Weckherlin exposa les faits et gestes du jeune Opitz dans Heidelberg, au temps de feu Lingelsheim. Buchner savait exactement ce qu'aurait écrit Fleming si son Elsabe de Riga ne lui eût manqué de parole. On demanda pourquoi les poèmes de Spee n'avaient pas trouvé d'éditeur à ce jour. Puis on en vint aux années d'études à Leyde : Gryphius et Hoffmannswaldau, Zesen et le jeune Scheffler s'y étaient vu régaler d'idées extravagantes. Quelqu'un (moi?) demanda pourquoi Dach avait omis de célébrer le cordonnier de Görlitz, Jakob Bœhme, puisqu'il y avait bien en ces lieux des représentants de la secte?

Pendant ce temps, l'hôtesse avec ses trois servantes avait servi dans la petite salle un modeste repas : dans le bouillon des cervelas nageaient des boulettes de farine. Le pain était de fouace. Il y avait de la bière brune. On rompait, trempait, lapait, remplissait à nouveau. Un rire fit le tour. (Comment s'appelait exactement cette ville sur l'Ems : Telgte, Telchte, ou même Tächte, à la façon des servantes du cru?) Dach fit le tour de la longue table, disant un mot à chacun et s'entremettant lorsque, tels Buchner et le jeune Birken, on s'échauffait déjà le cabasset.

Après le repas, on devait parler de la langue. Ce qui l'avait ruinée et ce qui pouvait la guérir. Quelles règles il fallait maintenir pour étrécir le cours du vers. Comment requinquer la notion de langue naturelle, que Buchner ravalait à n'être « que mystique », et, par un régime reconstituant, l'élever au rang de langue principale. Ce qui pouvait passer pour du haut-allemand et quelle valeur il convenait d'attribuer aux dialectes. Certes tous étaient de savants polyglottes — Gryphius et Hoffmannswaldau s'exprimaient éloquemment en sept langues, Weckherlin versifiait en quatre — mais tous, selon leur terroir, hachaient, mâchaient, raclaient, bâclaient, roulaient, foulaient, moulaient, gueulaient ou guindaient leur allemand.

Lauremberg, de Rostock, bien que depuis l'invasion de la Poméranie par Wallenstein il fût établi dans l'île danoise de Seeland, étalait son jargon autochtone sur la table, et c'est en *platt* que lui répondait Rist, prédicant venu du Holstein. Établi depuis bientôt trente ans à Londres, le diplomate Weckherlin gardait intact son raboteux accent souabe. Et au silésien prédominant Moscherosch mêlait son alémanique mâtiné de francique rhénan, Harsdörffer son franconien impétueux, Buchner et Gerhardt leur saxon, Greflinger son gargouillis de Basse-Bavière et Dach son prussien aplati d'entre Memel et Pregel. On entendait le Gelnhausen filer des obscénités tristes et des maximes bouffonnes; car le cours de la guerre avait appris au Stoffel, en sus de l'accent de Hesse, ceux de Westphalie et du Bade.

Autant ils étaient incompréhensibles quand ils se faisaient comprendre, autant ils étaient, en matière de langue, d'une richesse étourdissante, et autant leur allemand flottait à tous les vents; et ils s'avéraient encore plus fortunés par cent théories du langage. Pas un vers n'échappait à sa règle.

5

De la main, Dach fit un signe; aussitôt, par une merveille de docilité, l'on se transporta de la petite salle dans la grande : les poètes rallièrent à son geste un amour-propre souvent touché d'enfantillage. Ils admettaient son autorité. Pour un temps, Zesen et Rist lui sacrifièrent leur dispute invétérée. Greflinger aurait toujours aimé un père de la sorte. Hoffmannswaldau qui était gentilhomme trouvait drôle de subordonner ses mœurs à un bourgeois. Les princes du docte savoir — Harsdörffer, capitale Nuremberg, et Buchner, résidence Wittenberg — eussent volontiers élu comme régent (dans les fumées du vin) le magister du Kneiphof. Et comme Weckherlin, rendu teigneux par le service de cour, depuis quelques années, n'appartenait plus au roi d'Angleterre, mais au Parlement en qualité de secrétaire d'État, il se rangeait à la volonté majoritaire : avec tous les autres, il obéit au signal de Dach, non sans que le vieillard ne satirisât le puritanisme démocratique de sa patrie d'élection : outre-mer, un certain Cromwell montrait aux poètes à manger du fer.

Seul resta loin l'étudiant Scheffler. L'on était encore à la soupe qu'un mouvement l'avait entraîné en ville où il recherchait l'objet du pèlerinage annuel de Telgte, une

Pietà de bois sculpté : Marie assise, tenant sur ses genoux son fils roidi par la mort.

Quand tous, qui sur des bancs, des chaises, et faute de ceci, des escabeaux à traire les vaches ou des tonneaux à bière, eurent formé un demi-cercle autour de Dach, alors par les fenêtres ouvertes, un instant encore, l'été vint à eux mêler son bourdonnement de mouches à leur silence attentif, à leurs propos sourdement tenus à voix basse. Schneuber voulait persuader Zesen. Weckherlin expliquait à Greflinger le chiffrage des rapports secrets, art qu'il avait développé sous divers maîtres. L'on entendait dehors les mulets de l'aubergiste et, plus loin, les chiens corneaux de l'hôtel du Pont.

Auprès de Dach qui s'était attribué un fauteuil, un tabouret attendait le lecteur. Pas de ces symboles usuels dans les réunions régionales — ainsi le palmier de la Société Fructifère —, aucun décor à l'arrière-plan. On avait voulu rester simple. Ou bien l'inspiration avait manqué. Cela viendrait peut-être.

Et sans préambule, ayant seulement toussoté pour obtenir le silence, Simon Dach appela comme premier déclamateur le maître saxon de littérature Augustus Buchner; c'était un homme de quelque apparence, déjà d'un certain âge, impérieux de toutes parts, qui ne pouvait se communiquer autrement qu'en discours, dont le silence même avait un air d'éloquence : il avait de garder le silence une façon pesante, telle qu'on aurait pu transcrire en figures ses périodes tues.

Buchner lut, tiré de son *Bref Acheminement à l'art allemand de Poésie* dont circulaient maintes copies, le manuscrit du dixième chapitre : « De la mesure des vers et de leurs sortes. » Cette leçon doit s'entendre comme un supplément aux écrits théoriques d'Opitz – son *Livret de la Poésie allemande* –, traite du correct usage des « mots dactyliques », reprend le vieil Ambrosius Lobwasser de défunte mémoire d'avoir « à l'alexandrin mêlé des *pedes* inexacts » et donne des exemples d'une ode dactylique dont les quatre derniers vers sont mesurés en trochées selon le mode pastoral.

Le propos de Buchner grimaçait de révérences faites à Opitz – qu'il fallait bien de-ci de-là contredire – et de piques visant l'absent Schottel, « précepteur des princes », dont elles ajustaient l'allégeance dynastique et la manie des ligues secrètes. Vint, sans que fût nommé Abraham de Franckenberg, le mot de « Rose-Croix ». Selon la circonstance, l'orateur passait au latin d'école. Même sans notes, il citait tout dans le texte sans reprendre haleine. (Quand il fut membre de la Société Fructifère, ce fut sous le nom de « l'Apprécié ».)

D'abord, quand Dach déclara la discussion ouverte, personne ne voulut se frotter à l'autorité de Buchner; pourtant la plupart étaient ferrés en théorie, sûrs de leur métier, de leur scansion, adonnés à l'enchevêtrement de leurs querelles, beaux parleurs, et même enclins à la contradiction quand ils avaient leur assentiment au bout de la langue. Il fallut que Rist, sur le ton du prêche, rejetât toute critique d'Opitz comme « haïssable et blasphématoire » pour que Zesen, disciple de Buchner, lui fournît la réplique : qu'ainsi parlât un homme ne sachant que bêtement récrire Opitz : un cygne de l'Elbe passé maître en opitzerie!

Après que Harsdörffer eut doctement escrimé pour les Bergeries de Nuremberg qu'il croyait avoir été attaquées par Buchner; que Weckherlin eut rappelé que, contrairement à Opitz et avant Buchner, il avait usé à propos de mots dactyliques, Gryphius sécréta un peu de bile : Pareilles écoles de versification ne pouvaient au mieux que sustenter une prolixité destituée d'âme; à quoi l'Apprécié s'accorda. Pour ce motif, au rebours d'autres magisters en langage, il ne donnerait pas ses cours à l'impression.

Ensuite Dach appela Sigmund Birken; c'était un jeune homme dont les cheveux bouclaient jusqu'aux épaules dans une inspiration sans cesse renouvelée. Dans son visage d'enfant, les yeux brillants répondaient à l'éclat d'une bouche humide, boudeuse. On pouvait se demander si tant de beauté avait besoin de théorie.

Birken lut, au chapitre douzième de son *Art allemand de lier le Discours et la Poésie,* les règles de la diction sur le théâtre; l'auteur devait prêter à chaque personnage le discours qui lui convenait : *« ...les enfants donc devaient parler comme tels, les vieillards suivre la raison, les dames la décence et la délicatesse, les héros la vaillance et l'abnégation, les paysans la grossièreté... »;* mais ensuite Greflinger et Lauremberg le prirent véhémentement à partie : Il n'en sortirait que de l'ennui! C'était bien là le travers de la Pegnitzerie! Le vent n'y soufflait qu'en un tiède zéphyr! Moscherosch le prenait de haut : En quels temps vivait le tendre bachelier!

Du bout des lèvres, Harsdörffer vint au secours de son protégé : l'Antiquité vérifiait ce strict partage des rôles. Gerhardt loua la règle posée par Birken : de ne pas montrer l'horrible à découvert, mais d'en faire part dans le récit. Gryphius, selon la rumeur, travaillait à des tragédies; il garda pourtant le silence. Quant au silence de Buchner, il était gros de foudre.

Or le Gelnhausen voulut dire son mot. Il ne se panadait plus en pourpoint vert à boutons dorés, mais (ainsi Greflinger) portait les chausses à la tonne, livrée du soldat; assis sur l'un des bancs de fenêtre, impatiemment il fourgonnait du bras tant que Dach le laissa discourir. Le Stoffel dit : il n'entendait que marquer, selon son savoir acquis de toutes mains, que souvent les vieux parlaient comme des enfants, et les enfants avec sagesse, les personnes du sexe grossièrement, les paysans avec décence, et quant aux braves héros de sa connaissance, même s'ils allaient mourir, ils blasphémaient. Seul à lui parler gentiment, surtout aux croisées de chemins, avait été le diable. Sur quoi le secrétaire du régiment Schauenburg, à l'improvisade, fit entre elles dialoguer les personnes citées, en dernier lieu le prince d'Enfer.

Même Gryphius en rit. Et Dach le conciliateur mit un terme au débat en demandant à la ronde s'il était opportun, jusque sur le théâtre, alors que la vie offre chaque jour la pareille, de verser le sang et d'y mettre en sus la gravelure des propos? Il se rangeait volontiers à la règle du jeune Birken, pourvu qu'on n'en usât pas trop roidement.

Ensuite il donna la parole à Hans Michaël Moscherosch de qui la satire du langage, en la première partie de ses *Visions de Philandre de Sittewald,* bien qu'imprimée et connue au loin, rencontra l'agrément, surtout cette pasquinade :

« *Le moindre compagnon tailleur*
A présent se veut rimailleur;
Il tranche à vif du beau langage
Et parle latin comme un sage,

Anglois, italique et françois
Et pour moitié le japonois;
Mais c'est en vain qu'il s'époinçonne :
Il reste un sot de sa personne. »

Cela répondait au dépit général qu'inspirait la défiguration de la langue allemande à qui les campagnes welsches et suédoises avaient imprimé leurs fers de chevaux et leurs roues dans le tréfonds sensible.

Quand, du pas de la porte, l'hôtesse Libuschka demanda par interjection si les *señores* auraient *pläsier* à un *boccalino di rouge,* on lui répondit en toutes langues étrangères usitées dans le pays. Même Gerhardt, chacun se montra un maître du charabia parodique. Et Moscherosch, gaillard robuste qui riait volontiers le premier à ses plaisanteries mais inclinait à la profondeur – c'est pourquoi il était de l'Ordre du Palmier sous le nom du « Rêveur » –, produisit d'autres échantillons de sa veine satirique, échevelant des rimes forcées et des périphrases pastorales. Sans en dire le nom, il escrimait contre ceux de la Pegnitz. Lui-même se nomma « bon Allemand » quoique son nom fût d'origine morisque. Il dit cela pour tous ceux qui auraient voulu chercher la rime à « suif ». (Le reliquat de vin que l'hôtesse fit servir par ses chambrières provenait au reste d'Espagne.)

Alors Harsdörffer lut, tirées de son *Entonnoir poétique* qui sortait des presses, quelques instructions sur la façon de parcourir sa formation accélérée à l'intention des futurs poètes – *« Bref, point n'est besoin de prendre les six heures de rang un même jour... »* – puis un bref éloge manuscrit : la langue allemande pouvait, mieux que toute étrangère, imiter le son et le bruit de toute créature, car elle... « *gazouillait comme l'hirondelle, croassait comme le corbeau, pépiait comme le moineau, murmurait et susurrait avec les ruisseaux...* », et recueillit l'assentiment général.

A vrai dire, nous n'avions jamais pu nous accorder sur le point d'écrire *Teutsch* ou *Deutsch*, mais tout éloge de cette langue nous montait à la tête. Et chacun d'invoquer un autre bruit naturel comme preuve à l'appui des capacités de l'allemand. On en vint bientôt (Buchner en fut vexé) aux trouvailles accumulées de Schottel, saluant son « blanc de lait comme la neige » et autres rejetons de sa verve. Nous nous vîmes d'accord pour améliorer la langue en la germanisant.

Il fallut Lauremberg et son long poème en *platt*, *Van Almodischer Poesie und Rimen*, où il fustigeait les poètes haut-allemands à la mode du jour, pour diviser à nouveau l'assemblée, bien que Lauremberg fût sur ses gardes. Il savait à l'avance les arguments de ses rivaux —

> « *Désormais il faut à la cour*
> *Écrire en allemand tout court,*
> *Seul le haut-allemand fait prime*
> *Dans ce qui s'écrit et s'exprime.* »

— et d'opposer le *nedderdütsch* impollu au haut langage guindé, ici affecté, là encombré, des chancelleries, si bizarre et déconcertant qu'on ne savait parfois « *Si welsche y ot o bien tiche...* »

Pourtant Zesen et Birken, les nouveaux stylistes, ne furent point seuls à condamner tout dialecte comme moyen de poésie : en furent aussi Buchner et Logau. Seul le haut-allemand devait par affinement devenir l'instrument meilleur afin — ce qu'épée et hallebarde n'avaient pu accomplir — qu'il chassât de la patrie les dominateurs étrangers. Rist objecta qu'il fallait en finir aussi avec les oripeaux antiques, la blasphématoire invocation des Muses et le fatras de dieux païens. Gryphius, à l'entendre, à l'opposé d'Opitz, avait longtemps pensé que seul le dialecte donnait vigueur à la langue principale, mais après qu'il eut étudié dans Leyde, il s'était, non sans regret, prescrit une plus grande rigueur.

Et ce fut encore un coup Gelnhausen qui, de son banc devant la fenêtre, fit entendre raison : quand sur le Rhin on disait *Kappes,* et *Kumst* entre Ems et Weser, à tout coup il fallait entendre chou. La querelle de langage excédait son entendement. Le poème de Lauremberg avait prouvé à chaque oreille quel joli son rendait le jargon *platt* auprès du sophistiqué. Qu'on laissât les deux ensemble côte à côte ou mêlés. A force de se vouloir tenir net en maniant le balai, on mettrait pour finir la vie dehors.

Certes Rist et Zesen (en accord et en désaccord) voulaient élever des objections, mais Dach suivit le Stoffel : lui aussi, dans quelques chansonnettes, donnait libre cours à son prussien comme à un babeurre et avait recueilli ce que chantait le peuple, afin que par l'opération de l'organiste Albert ce fût mis à la portée du chant général. Là-dessus il dit à mi-voix à part lui quelques vers de son *Anke van Tharaw,* puis non plus seul, mais en chœur avec Lauremberg, Greflinger, Rist, et même l'énorme organe de Gryphius, il chanta, tant qu'Annette de Samogitie mit fin au conflit de langage : *Dit makht dat Lewen tom Hämmlischen Rikh,* c'est-à-dire en haut-allemand : « Elle fait de la vie un Empire céleste. »

Sur quoi Simon Dach leva l'assemblée pour cette journée : le repas était servi dans la petite salle. A qui la chère serait mince, il priait de songer que peu de temps auparavant des fourrageurs croates avaient réquisitionné les provisions de l'aubergiste, emmené les veaux, tué les cochons et consommé la dernière oie, c'est-à-dire en bon allemand qu'ils l'avaient mangée. Pourtant on aurait son content. Quant au plaisir, on l'avait eu par le débat de l'après-midi.

Quand ils quittèrent la grande salle d'auberge, l'étudiant en médecine se retrouva parmi eux. Il faisait des yeux qui auraient en chemin vu un miracle. Pourtant ce n'était que cela : le curé de l'église principale lui avait montré la Pietà de Telgte, cachée dans une resserre. A mon voisin Czepko, Scheffler dit : la Sainte Vierge lui avait enseigné qu'elle résidait au sein de toute fille, ainsi Dieu en lui.

6

Ce que l'hôtesse fit servir par ses chambrières n'était pas si maigre : une bouillie de millet fumant dans de fortes jattes et arrosée de la graisse fondue de rognons de porc et de lardons frits. Avec cela, des cervelas et du gros pain. Son jardin, environné de broussailles, à l'abri derrière la maison (les fourrageurs croates ne l'avaient sans doute pas vu), fournit en outre des oignons, carottes et radis noirs servis crus sur la table pour accompagner la bière brune.

Ils louèrent cette simplicité des mets. Les gourmets parmi eux affirmèrent avec emphase : Il y avait beau temps que pareille faveur ne leur avait été accordée. Weckherlin maudit la cuisine anglaise. Hoffmannswaldau tint ce luxe rustique pour un festin des dieux. Harsdörffer et Birken citèrent tour à tour, en latin et en traduction allemande, les festins comparables d'antiques bergeries. Et sous le vent du pasteur Rist, de Wedel, que Dach avait chargé de la prière, la bouillie de mil de l'Emsland tourna en manne céleste.

Seul Gelnhausen faisait triste mine à part soi, puis querella l'hôtesse à haute voix : A quoi la Courage avait-elle cru! A ses reîtres et mousquetaires médiocrement cantonnés dans l'écurie, il ne pouvait faire avaler plus d'une fois pareille pitance. Comme la solde n'y suffisait pas, ils réclamaient à l'Empereur un ordinaire de poulets rôtis, de côtes de bœuf et de fesse de porc, qui est le jambon. Si la croûte n'était pas meilleure, ils fileraient chez le Suédois le lendemain matin. Car de même que le mousquet exige une poudre sèche, de même le mousquetaire voulait être tenu en cervelle. Et si Mars lui ôtait son bouclier, l'Apollon à col de cygne serait en proie au premier couteau de passage. Ce qui voulait dire : Faute de couverture militaire, la controverse entre poètes irait promptement au diable. Il ne voulait — la Courage le savait bien! — que discrètement insinuer à ces messieurs que toute la Westphalie, et plus encore la contrée de Tecklenburg, n'était pas semée que de broussailles, mais que du haut en bas de l'Ems elle grouillait de batteurs d'estrade et d'écumeurs des grands chemins.

Puis il se retira suivant la Libuschka, manifestement d'accord que les reîtres et mousquetaires de Gelnhausen avaient besoin d'un supplément de ration. On laissa un instant entre soi les gens de lettres qui inquiétés, qui indignés de tant de présomptueuse insolence. Ils purent se donner libre cours par leurs propos alternés. Ils arriveraient bien, par les mots dactyliques qu'ils traquaient sans arrêt, à surmonter subtilement le péril de la rencontre; si le monde venait à crouler, ces messieurs, au milieu du vacarme, escrimeraient sur des pieds mis droit ou de travers. Bref — et Gryphius n'était pas seul à l'avoir dit par le verbe somptueux de ses sonnets — tout d'ailleurs était vanité.

C'est pourquoi la tablée se retrouva bientôt en activité de cuillers et de mandibules dans un entretien littéraire. A un bout de la table, en face de Dach, Buchner, gestes à l'appui, exposait le soupçon que lui inspirait l'absence de Schottel qu'il accusait d'attenter à la Société Fructifère. Sur quoi Harsdörffer et son éditeur Endter, qui nourrissaient avec Schottel de secrets desseins, parodièrent le *magister* dans sa façon de parler. Partout on daubait sur des absents, lançait des piques, débordait de raillerie, se bombardait de mots-projectiles : tels, à califourchon sur le banc, recomptaient en aristarques les *pedes* bas-allemands de Lauremberg; là Zesen et Birken taillaient des croupières à feu Opitz, dont les règles de versification étaient des chevaux de foire, tandis que ses figures étaient condamnées pour leur incolore. Les deux novateurs accusaient Rist, Czepko et (en sous-main) Simon Dach d'« opitzifier » à perpétuité. Rist à l'inverse, ayant dans son camp Weckherlin et Lauremberg, fulminait contre l'immoralité des Pastoureaux de la Pegnitz : aux bords de ce Lignon de Franconie, on admettait jusqu'à des femmes aux séances de l'Ordre des Fleurs. Une chance que Dach n'ait pas invité de personnes du sexe. Leur confiture d'âmes versifiée était en effet le dernier cri de la mode.

Ailleurs on entourait Gryphius assis, dont la taille à trente ans était déjà forte. Ce devait être la tristesse, le dégoût de ce siècle qui l'avaient ainsi boursouflé. Son habit tirait de partout. Son menton double se préparait au triple. Il parlait d'une voix de héraut et savait tonner bien que lui manquât la foudre. A un cercle de trois pelés et un tondu, il interpellait bruyamment l'humanité et répondait à la question sur l'essence de l'homme en images toujours nouvelles qui s'annulaient. Illusion alentour. Gryphius néantisait. Ce qu'il faisait l'écœurait toujours. Malgré sa fringale d'écrire, en dégoisant il abjurait sans trêve l'écrire. Son dégoût de tout écrit, voire imprimé, allait de pair avec son appétit de voir bientôt imprimé tout écrit, ainsi tragédies récemment faites de sa main, ou diatribes et comédies qu'il avait en tête. C'est pourquoi (alors que l'instant d'avant il ébauchait encore des scènes éloquentes) prendre congé sans transition de la « poésie et autres frivolités » : Tout cela n'était que décomposition dès sa naissance. Il voulait plutôt, puisque la paix allait se faire, se rendre utile. Déjà les états de Glogau le pressaient depuis longtemps d'être leur syndic. Autant il avait jadis abhorré la souple diplomatie d'Opitz, autant était aujourd'hui nécessaire l'acte utile au bien commun. Si, plus encore que la campagne dévastée, la loi et les mœurs gisaient en débris alentour, il fallait d'abord endiguer le chaos. Seul l'ordre rendrait sa contenance à l'homme aveuglément errant. Les pastorales fleuries et sonnets ampoulés n'y feraient rien.

Ce discours d'abjuration de la parole écrite inspirait à Logau qui se tenait à l'écart des phrases mûres pour l'impression : Chacun son métier, les vaches seraient bien gardées. Et Weckherlin dit : Les trente années passées en corvées au service de l'État ne sauraient compenser une seule de ses odes : il pensait les donner toutes, les jeunes et les séniles, instamment à l'impression. Malgré le discours où Gryphius proclamait en images toujours neuves la mort des belles-lettres et le règne d'un ordre instauré par raison, les éditeurs qui jusqu'alors étaient demeurés sur leur réserve furetaient autour de la table en quête de manuscrits bien venus. La réimpression de Weckherlin avait déjà trouvé preneur dans Amsterdam. Moscherosch se laissait assiéger par le libraire hambourgeois Naumann. Une fois que l'éditeur Endter fut pour ainsi dire tombé d'accord avec Rist, qui jusqu'alors avait donné à imprimer à Lünebourg, sur un manuscrit célébrant au large la paix imminente, il tenta, courant sur les brisées du Strasbourgeois Mülben et du Hollandais Elzévir, d'induire l'ingénieux Hoffmannswaldau à leur – à lui, à l'autre ou au troisième – procurer le manuscrit du *Défi au Rossignol* du défunt jésuite Spee : Pourvu que ce fût du bon, pourquoi n'imprimer point du papiste? Et Hoffmannswaldau se montra bon prince avec l'un, l'autre et le troisième. Il aurait – selon cette mauvaise langue de Schneuber – perçu de tous trois une avance; néanmoins le *Défi au Rossignol* de Spee ne fut imprimé qu'en quarante-neuf chez Friessen en la bonne ville catholique de Cologne.

Sur ce, le soir s'accrut. Quelques messieurs voulurent prendre du mouvement dans le jardin de l'aubergiste, mais en furent promptement chassés par les moustiques que le vent rabattait de l'Ems en écharpes. Dach s'émerveilla de l'âpre industrie de la Libuschka, laquelle, au milieu du désert, guerroyant contre chardons et orties, cultivait ses légumes. Avec une égale vaillance, son ami Albert avait conquis sur l'île Lomse de la rivière Pregel le jardin ceignant sa tonnelle de courges. Il n'en était rien demeuré. Il ne resterait bientôt, unique objet de louange, de fleur que le chardon – symbole d'une époque adverse.

Puis ils demeurèrent encore un instant dans la cour ou bien se dégourdirent les jambes jusqu'à l'Ems extérieure, où était abandonné un moulin à foulon. On voyait maintenant que la friche de l'Ems, en avant de la ville, formant une île entre deux bras de rivière, était le lieu de leur réunion. Ils parlèrent en gens de métier du mur endommagé et sans tours de la ville et admirèrent la pipe à tabac de Moscherosch. Ils bavardèrent avec les chambrières dont l'une s'appelait Elsabe (comme l'amie du défunt Fleming) et, tandis que les chiens de garde bondissaient autour d'eux, haranguèrent les deux mulets au piquet en latin. Ils firent des remarques drôles ou pointues les uns contre ou sur les autres et controversèrent un peu sur le point de savoir si, d'après l'instructive gamme de coloris de Schottel, le cheveu de l'hôtesse Libuschka pouvait être dit « de poix » ou « corbeau »; si le soir obscurci pouvait être « couleur de roussin ». Ils rirent de Greflinger qui, à la façon des bannerets de Suède, s'était planté jambes écartées entre les mousquetaires et leur racontait ses campagnes sous Baner et Torstensson. Ils étaient au point de prendre par groupes la grand'route jusqu'à la porte d'Ems quand un reître du détachement de Stoffel entra monté dans la cour et remit à Gelnhausen qui se tenait sous le porche de l'écurie avec l'hôtesse et le sergent-major des mousquetaires un bâton de messager — et bientôt tous le surent : Trauttmannsdorff, négociateur en chef de l'Empereur, était parti soudain — c'était le 11 juillet — et de fort bonne humeur à ce qu'il paraissait, quittant le chapitre de Münster pour se rendre à Vienne, plantant là dans l'embarras le Congrès et les parties négociantes.

L'entretien passa sur l'heure dans le champ politique et se reporta dans la petite salle où fut mis en perce un nouveau tonneau de bière brune. Seuls les jeunes — Birken, Greflinger et, non sans lanterner, Scheffler — restèrent dans la cour avec Zesen et en eurent après les chambrières. Chacun y mit la main; on la mit sur Scheffler, seul Zesen s'en alla bredouille et, vexé des railleries de Greflinger, poussa jusqu'à la rivière où il voulait être seul avec lui-même.

Mais à peine le vis-je de l'autre côté de l'Ems extérieure profondément enfoncée dans un lit de sable, que deux cadavres liés ensemble passèrent au fil de l'eau, venant contre la rive : bien que ballonnés, on y reconnaissait le mari et la femme. Après une brève halte – pour Zesen, elle dura une éternité – les deux détachèrent leurs cadavres de l'entrelacs des osiers, firent une conversion dans le courant, comme par jeu, échappèrent aux remous, glissèrent aval vers les vannages du moulin, où le soir tournait en obscurité, sans rien laisser derrière eux, si ce n'est des images éventuelles que Zesen se mit aussitôt à remplir de nouveaux mots sonores. Comme l'expression le tracassait, il n'eut pas de temps de reste pour s'épouvanter d'horreur.

7

Dans la petite salle d'auberge, on agitait des spéculations en buvant de la bière. Son sourire – et Trauttmannsdorff passait pour chagrin – ne pouvait signifier que le triomphe des papistes, l'avantage de Habsbourg, un surcroît de perte pour le camp protestant et la paix encore un coup ajournée; tels étaient les propos échangés; les craintes allaient croissant. Les Silésiens surtout se voyaient abandonnés. Czepko pronostiquait : A présent on était définitivement livré aux jésuites.

Ils se séparaient de Gelnhausen à qui le départ subit du légat impérial n'inspirait que raillerie : Qui allait s'en ébahir quand Wrangel, depuis qu'il avait relevé le podagre Torstensson, ne faisait que poursuivre la guerre à titre privé pour s'emplir les poches et, pour faire du butin, préférait envahir la Bavière plutôt que de marcher sur Vienne en passant par la Bohême saignée à blanc. De plus, la cause protestante était fâcheusement aventurée du côté français parce que – cela se chansonnait à Paris – Anne d'Autriche reprisait les chaussettes du Mazarin, lequel en retour lui enduisait la paillasse à la pourpre cardinalice.

C'est vrai, s'écria l'hôtesse Libuschka, elle connaissait la chose depuis qu'elle était pucelle. Elle avait été mariée par sept fois à des capitaines de cavalerie, la plupart impériaux, mais aussi hessois, et une fois presque à un Danois. Et chaque fois, que ce fût avec un papiste ou bien un parpaillot qu'on l'eût bénie, ou l'avait traitée injurieusement de paillasse. Voilà ce qu'étaient ces messieurs! L'un valait l'autre. Et le Stoffel qu'à Hanau d'abord, ensuite à Soest, à Sauerbrunnen enfin où elle avait dû soigner un coup de pied de Vénus, on appelait le « Simpel » — Simplet! Va, Simplet! Viens, Simplet, A toi, Simplet! —, il n'en avait pas plus dans le haut-de-chausse que ses défunts capitaines. « Ta gueule, Courage, ou je saute dedans! », cria Gelnhausen. Elle ne savait donc pas que depuis la cure souabe il restait un compte à régler?

Elle lui ouvrait bientôt le sien, le créditant de tous les moutards qu'il, l'inconstant Simplex, avait semés derrière lui dans des quartiers changeants.

Qu'est-ce que la Courage allait dégoiser? Des moutards? Elle qui n'en avait pas mis au monde un seul, toujours sèche sur son âne qui ne mangeait que des chardons? Elle-même n'était qu'un chardon qu'il faut arracher là où il pousse. Jusqu'à la racine!

Alors l'hôtesse Libuschka, comme si Gelnhausen l'avait pour de bon arrachée, fut d'un bond sur la table, trépignant parmi les chopes jusqu'à les faire danser, soudain releva toutes ses jupes, fit tomber ses culottes bouffantes de cantinière, lui montra, au Stoffel montra son cadran naturel et lui fit une réponse bien ajustée.

« Hé, Gryf!, s'écria Moscherosch, en voilà une qui fournirait aux écrivains de tragédies allemandes de belles répliques et fameux baissers de rideau. »

Tous rirent. Même Gryphius, sorti de son hypocondrie précédente, éclata de rire. Weckherlin voulait entendre re-péter ce tonnerre parti-du-culier.

Comme Logau s'avisa d'une maxime : « Mieux vaut péter en société qu'avoir mal au ventre tout seul », la compagnie eut bientôt surmonté le déplaisir que lui infusait la nouvelle du départ soudain de Trauttmannsdorff. (Seul Paul Gerhardt, horrifié, gagna sa chambre. Il se doutait bien de la tournure à quoi, passé le vent arrière de l'hôtesse, allait appéter l'entretien.)

La bière brune leur inspirait des vesperies et des anecdotes à sous-entendus. Moscherosch en colportait la matière de plusieurs almanachs non imprimés. Avec des circonlocutions qui en cachaient moins qu'elles n'en montraient, Hoffmannswaldau raconta les façons ostrogothiques dont Opitz avait traité plusieurs filles bourgeoises de Breslau. Le vétéran Weckherlin écopa le marécage londonien de pestilence; ce qui l'amusait mieux, c'était de faire courir tout nus les tartufes puritains de la nouvelle classe dominante. Schneuber clabauda de piquantes histoires de dames princières qui n'avaient pas seulement investi Rompler pour taquiner la rime et polir le sonnet sous le sapin de la Compagnie. Naturellement, Lauremberg apporta son obole. Chacun ouvrait son tonneau. Même Gryphius, emporté par tant d'instances, céda, mettant sur le tapis quelques glanes de son voyage d'Italie; c'étaient surtout des histoires de moines emputanés auxquelles Harsdörffer tâcha d'en remettre, tandis que Hoffmannswaldau les modulait en histoires de triangle et de carré; tous trois confirmèrent leur renom d'érudition quand, lors d'enfiler une priapée ou de mettre le bouquet à une caleçonnade, ils divulguèrent leurs sources italiennes ou françaises.

Quand Simon Dach étonné dit que visiblement il n'habitait pas où il fallait, qu'il ne pouvait rapporter pareilles aventures qui vinssent du Kneiphof de Kœnigsberg, que certes il y en arrivait de bien bonnes, mais jamais rien d'aussi désordonné, on trouva son intervention hautement comique. Et si, remontés par Harsdörffer et qui encore, l'hôtesse Libuschka et Gelnhausen (passagèrement raccommodés : Courage et Simplet) n'avaient raconté quelques histoires, lui de sa vie de soldat — la bataille de Wittstock —, elle de son temps de cantinière au camp devant Mantoue, puis déballé quelques coucheries de leur cure en commun aux eaux de Sauerbrunn, les bonnes histoires et le débondage eussent continué d'émoustiller la compagnie. Mais quand tous deux alignèrent les horribles détails qui avaient marqué Magdebourg quand Tilly avait lâché son train sur la ville, le ton du récit fit froid : la Libuschka dénombrait impudemment le gain qu'elle avait tiré des pillages. Elle étalait de pleins paniers de chaînes d'or qu'elle avait retranchées au cou des femmes massacrées. Enfin Gelnhausen lui lança une bourrade afin qu'elle se tût. Le martyre de Magdebourg n'admettait que le silence.

Dach, rompant le calme, dit : Il était temps maintenant de chercher le sommeil. Le récit sans fard du Stoffel et plus encore de l'hôtesse, auquel on avait étourdiment incité l'un et l'autre, montrait clairement où le rire trouvait sa limite, quel haut prix il fallait payer pour trop rire et pourquoi tous, leur rire rentré dans la gorge, avalaient leur salive. Cela venait de ce que l'horrible était devenu banal même pour la sensibilité la plus raffinée. Veuille le Seigneur en sa bonté leur pardonner et les absoudre.

Comme autant d'enfants, Dach envoya la compagnie

au lit. D'ailleurs il ne restait plus une goutte à boire pour en finir, comme y tenaient Lauremberg et Moscherosch. Il ne voulait plus entendre rire, même à petit bruit. On avait assez gaspillé d'esprit. Par chance, le pieux Gerhardt avait gagné sa chambre de bonne heure. Dans le fond, Rist — vaillant à prêcher d'ordinaire — aurait dû mettre fin à la recrue des putasseries de langage. Non non, il n'en voulait à personne. D'ailleurs il avait ri, lui aussi. Maintenant il n'y avait plus rien à dire. Demain seulement, dès qu'on lirait un nouveau manuscrit pour le profit de tout le monde, il voulait bien, tel qu'on le connaissait, être gai avec tous.

Quand le silence régna dans la maison — seule l'hôtesse rangeait dans la cuisine et devait avoir Gelnhausen près d'elle — Simon Dach parcourut encore une fois le couloir de l'étage et jeta un œil dans le grenier où était la couche de paille des jeunes gens. Ils étaient couchés, les servantes près d'eux. Birken comme un enfant dans les bras. Ils s'étaient profondément épuisés, vraiment. Seul Greflinger sursauta, voulait s'expliquer. Mais Dach, par un signe des doigts, l'invita au silence, à rester couvert. Après tout, qu'ils le fassent. Ce n'était pas ici dans la paille, mais dans la salle d'auberge qu'on avait péché. (Et j'avais ri en chœur, retrouvé des histoires, j'avais donné le branle et — quitte à en être — voulu prendre place parmi les railleurs.) Ayant jeté un dernier regard, Dach se réjouit qu'au paisible Scheffler fût aussi échue une servante.

Quand il voulut enfin rentrer dans sa chambre — pour écrire une lettre peut-être — il entendit venant de la cour une rumeur de chevaux, de roues, les chiens, puis des voix. C'est sans doute mon ami Albert, espéra Dach.

8

Il ne venait pas seul. Heinrich Albert, organiste de la cathédrale de Kœnigsberg qui, en qualité de compositeur et éditeur de recueils de chants, de ses *arias* dont il était prodigue, s'était fait un renom excédant les confins de la Prusse, amenait avec soi son cousin Heinrich Schütz, maître de chapelle de l'Électeur de Saxe, lequel au demeurant pensait gagner Hambourg, puis pousser jusqu'à Glückstadt où il espérait trouver, objet de son désir, une invitation à se rendre à la cour de Danemark : rien ne le retenait plus en Saxe. Ayant atteint la soixantaine, donc à l'âge même de Weckherlin, mais plus alerte que le Souabe qu'avait usé le service de l'État, Schütz était un homme d'autorité distante et de rigoureuse grandeur que nul (sauf Albert, et encore) ne pouvait saisir. Lorsqu'il parut, non pas en seigneur, mais plutôt soucieux du trouble supposé, l'assemblée de poètes de Telgte en fut relevée non moins que ravalée. Un homme qu'importunait tout groupe était venu à eux.

Je ne voudrais pas être mieux au fait que jadis — mais cela tous le savaient : pour serein que fût Heinrich Schütz dans l'idée qu'il avait de Dieu, et pour grand le dévouement qu'en dépit de fréquentes avances danoises il avait marqué à son prince, il était pourtant demeuré sujet de son seul vouloir. Jamais, fût-ce en des bluettes, il n'avait comblé pour moitié l'attente quotidienne des réformés. A son Prince-Électeur et à Christian de Danemark, il n'avait fourni de musique de cour au-delà du strict nécessaire. Quoique incessamment affairé — comme s'il eût été dans la fleur de l'âge —, il refusait les occupations habituelles. Si les éditeurs de ses ouvrages réclamaient des additifs utiles à l'usage des églises, mettons la notation de la basse générale, Schütz, dans une invariable préface, déplorait ce supplément et mettait en garde contre son emploi : s'il y fallait, admettons, un *basso continuo,* soit, mais qu'on y voie un auxiliaire d'un recours peu fréquent.

Nul comme lui ne serrait le texte, sa musique était au seul service du Verbe pour l'interpréter, l'animer, en marquer les mouvements, l'abîmer, l'étendre, exalter dans le profond, le vaste et le haut; donc Schütz était difficile en matière de paroles et s'en tenait soit à la liturgie latine traditionnelle, soit à la parole biblique de Luther. Jusqu'alors il avait dans son œuvre principale, la musique spirituelle, dédaigné l'offre des poètes contemporains à l'exception du *Psautier* de Becker et de quelques textes d'Opitz débutant; les poètes allemands ne lui avaient rien dit, bien qu'il les eût pressés de ses désirs. C'est pourquoi, lorsqu'il entendit le nom de l'arrivant, Simon Dach, avant de se pouvoir réjouir, eut un sursaut comme d'effroi.

Ils s'attardèrent un moment dans la cour à échanger des politesses. Schütz n'en finissait plus d'excuser sa survenue. Comme pour s'introduire, il affirmait : Tels des messieurs présents (Buchner, Rist, Lauremberg) le connaissaient depuis des années. Dach, de son côté, tâchait de mettre en paroles l'honneur qui leur était fait. La garde impériale du

Gelnhausen haussait des torches à l'arrière-plan, car les mousquetaires pensaient assister à l'arrivée d'un prince, quoique celui-ci fût bourgeois par sa mise de voyageur et qu'on eût pu porter à deux mains seulement son bagage. (L'autre arrivant devait être le chambellan du prince.)

Passant par Œsede, on y avait appris le chemin de Telgte. Schütz, qui voyageait sous sauf-conduit de l'Électeur de Saxe, pouvait sans peine changer de chevaux. Comme s'il voulait établir son identité, il montrait avec une fierté d'enfant le document officiel tout en bavardant : rien d'importun ne lui était advenu en chemin. La pleine lune éclairait la plaine inculte et déserte. On était à présent plus fatigué qu'affamé. S'il n'y avait pas pour lui de lit de reste, il dormirait volontiers sur la banquette du poêle. Il connaissait les hôtelleries. Son père avait tenu celle de l'*Archer** à Weissenfels sur la Saale : la maison était souvent comble.

Il en coûta quelque effort à Dach ainsi qu'à Albert pour amener le maître de chapelle à prendre la chambre de Dach. Quand parut l'aubergiste (Gelnhausen en retrait) et qu'elle apprit le nom du client, elle se mit en quatre aussitôt, saluant en un flot d'italien le *Maestro Sagittario*. L'étonnement s'accrut chez tous — et Schütz un peu effrayé — quand Gelnhausen, après s'être placé aux ordres entre les deux valises de l'hôte tardif, entonna soudain, d'une agréable voix de ténor, tiré des *Cantiones sacrae,* ouvrage de ton supra-confessionnel, répandu pour ce motif, jusqu'en pays catholique, le début des premiers motets : *« O Bone, O Dulcis, O Benigne Jesu... »*

Le Stoffel dit pour s'expliquer : étant goujat d'armée

* *NdT :* archer, en allemand *Schütz.*

à Brisach, quand la ville fut assiégée par les Weimariens, il avait chanté en chœur parce que chanter remédie à la faim. Puis il prit le bagage et entraîna tout le monde à la suite de Schütz, finalement l'hôtesse; elle servit à l'arrivant, sur sa demande, une cruche de cidre dans sa chambre avec du pain noir.

Plus tard, Libuschka fit braquer des lits de fortune dans la petite salle d'auberge pour Dach et Albert qui avaient refusé d'occuper le réduit que l'hôtesse avait à côté de la cuisine. Elle tympanisait surtout Albert : combien il était malaisé pour une femme seule de se tenir honnête par les temps qui courent. Quel avait été jadis son lot de beauté, mais quel dommage l'avait assagie... Enfin le Stoffel la tira de la porte. Une colle toute particulière faisait un couple de la Courage et de lui.

Mais à peine tous deux s'en étaient-ils allés qu'un nouvel importun relançait les amis. A la fenêtre latérale ouverte de la salle d'auberge, Zesen montrait un visage horrifié : Il venait de la rivière. Elle charriait des cadavres. D'abord il en avait vu deux seulement à la dérive. Comme ils étaient liés ensemble, ils lui avaient rappelé son Markhold et sa Rosemonde. Puis d'autres, encore d'autres cadavres étaient venus au fil de l'eau. La lune montrait leur chair à la dérive. Il ne trouvait pas de paroles pour dire tant de morts. De mauvais présages étaient sur la maison. Jamais on ne ferait la paix. Parce qu'on ne purifiait pas la langue. Parce que les mots défigurés s'enflaient en cadavres flottants. Il voulait noter ce qu'il avait vu. Exactement. Sur l'heure. Et trouver une sonorité jamais entendue.

Dach ferma la fenêtre. Après seulement avoir saisi les propos incohérents de Zesen avec effroi d'abord, puis avec hilarité, les deux amis furent entre eux. Ils n'arrêtaient pas de s'embrasser, de se taper dans le dos en cadence de leurs embrassades et de bougonner des compliments bruyants qui ne seraient jamais rentrés dans une prosodie dactylique. Dach, pour cause d'histoires par trop graveleuses, avait tout à l'heure envoyé la compagnie dans les chambres sans boisson pour la nuit, mais à présent il remplissait des chopes de bière brune pour Albert et lui. Ils trinquèrent à plusieurs reprises.

Quand tous deux furent couchés dans le noir, l'organiste raconta combien il avait été en peine d'amener Schütz en ces lieux. La méfiance que lui inspiraient les poètes et l'excès trop éclatant de leurs mots avait prospéré ces dernières années. Rist ne lui avait rien fourni; les *libretti* de Lauremberg lui avaient été d'un maigre secours à la cour de Danemark; il s'était alors rabattu sur une des cantates de Schottel. Celui-ci le fâchait encore par son haut style. Ce n'était pas la parenté avec lui, mais seulement l'espoir que Gryphius lirait un texte, dramatique si possible, se prêtant à fournir le canevas d'un opéra qui avait pu gagner et dérouter sur Telgte son très célèbre cousin. Il fallait espérer que l'un ou l'autre texte trouvât grâce devant son tribunal.

Et Simon Dach, soucieux, se demandait dans l'obscurité si la cohorte littéraire, si bariolée et toujours prête à la dispute, saurait se tenir avec grâce en présence d'un si noble visiteur : le turbulent Greflinger, l'incommode Gerhardt et Zesen qui, encore tout à l'heure, s'échauffait si promptement la bile et manquait de perdre la tête...

Sur ces entrefaites soucieuses, le sommeil les prit tous deux. Seules restaient en éveil les poutres de l'hôtel du Pont. Ou bien que se passa-t-il d'autre dans la nuit?

9

Dans la chambre qu'il partageait avec son ennemi favori le prédicant Rist, longtemps encore Zesen aligna des mots sonores tant qu'enfin, bronchant sur un vers où des cadavres boursouflés d'enflure devaient s'égaler à la chair de sa Rosemonde, il sombra dans le sommeil.

Entre-temps, un courrier venu d'Osnabrück franchit l'Ems et passa devant l'hôtel du Pont; un autre cavalier en sens inverse; tous deux portaient en hâte des nouveautés qui, lues à destination, étaient défraîchies. Les chiens de garde aboyèrent.

Puis la lune pleine, après s'être longtemps complue au-dessus de la rivière, vint au-dessus de la maison et de ses clients. Personne n'éluda son ascendant. Il en vint du changement.

C'est sans doute le motif pour lequel les trois couples auraient chaque fois changé, et chaque fois autrement, leur disposition dans la paille du grenier; car, en se réveillant au petit jour, Greflinger qui, au début de cette nuit de paille, s'était vu couché contre la chambrière mince, se retrouva contre Marthe qui était osseuse. De son côté, la chambrière dodue, nommée Elsabe, qui tout à l'heure accostait le silencieux Scheffler, se vit auprès de Birken, tandis que la chambrière mince, Marie, d'abord échue à Greflinger, était comme intriquée au sommeil de Scheffler. Et se réveillant les uns les autres et (sous l'influx de la lune) autrement accouplés, ils ne voulaient pas rester de la sorte, mais ne savaient plus avec laquelle ou lequel ils ou elles s'étaient jetés ou jetées sur la paille. Chacun et chacune, à chaque changement, se croyait accouplé comme il faut, mais la lune, bien qu'elle fût pleine bien loin de là depuis belle lurette, continuait d'agir. Comme à l'appel de cette infidèle Flora qui avait donné couleur à ses chants mais était depuis des années l'épouse d'un autre, Greflinger, qui était poilu de noir partout, y compris sur le dos, se glissa contre la dodue Elsabe; la mince Marie se jeta dans les bras de l'angélique Birken à la bouche boudeuse qui, fût-elle ossue, dodue ou menue, se croyait dans la couche des nymphes; et la longue Marthe à l'épaisse ossature enlaça par force Scheffler de ses quatre membres pour accomplir à son intention, comme le firent auparavant la charnue et la menue, la promesse que lui avait faite la veille la Pietà de Telgte. Et d'une poste à l'autre, le chétif étudiant pensait s'adonner à une effusion de l'âme.

C'est ainsi qu'il advint que tous six, une troisième fois, se mirent à battre la paille du grenier : chacun sa chacune et chacune un autre chacun chaque fois; ne pas s'étonner que les concubins n'entendirent rien de ce qui eut lieu par ailleurs en tirant sur le petit matin.

Moi, je sais. Cinq cavaliers firent sortir leurs chevaux tout sellés de l'écurie dans la cour. Gelnhausen en était. Aucun grincement de porte ni tintement de fers. Les chevaux allaient au pas sans bruit. Leurs sabots étaient enveloppés de chiffons. Et d'une main sûre, sans claquement de cuir, la cheville ouvrière huilée, deux mousquetaires attelèrent un des chariots bâchés que les impériaux avaient réquisitionnés à Œsede. Un troisième apporta trois mousquets pour lui et les deux autres, et les glissa sous la bâche. Tout roulait comme à l'exercice. Les corniauds de garde restaient muets.

Il n'y eut qu'un conciliabule à voix basse entre l'hôtesse du Pont et Gelnhausen; elle sembla lui donner des instructions, car le Stoffel, s'étant mis en selle, hocha la tête à plusieurs reprises pour ponctuer ce qu'elle lui disait. Comme par ordre, la Libuschka (ci-devant appelée Courage) drapée dans une couverture de cheval se tenait à côté de l'ancien chasseur de Soest derechef ou toujours bravache en pourpoint vert à boutons dorés et chapeau à plumes.

Seul Paul Gerhardt se réveilla dans sa chambre quand l'attelage ébranla le chariot bâché et que les cavaliers impériaux sortirent de la cour. Il put encore voir Gelnhausen, tourné sur sa selle, dégainer et, de sa main libre, faire tout en riant un signe à l'hôtesse qui ne le rendit pas : elle était figée sous sa couverture, dans la cour, que déjà les cavaliers et le char étaient masqués par les aulnes et bientôt engloutis par la porte d'Ems.

Préludèrent les oiseaux. Ou bien c'est seulement alors que Gerhardt entendit par combien d'oiseaux le matin avait préludé sur Telgte. Alouettes, pinsons, merles, mésanges, sansonnets. Dans les buissons de sureau derrière l'écurie, sur le hêtre pourpre au milieu de la cour, sur les quatre tilleuls plantés devant l'hôtel du côté au vent, dans le fourré de bouleaux et d'aulnes que rejoignait le maquis de la rive de l'Ems extérieure, dans les nids que les moineaux avaient faits dans les trous du toit de roseaux endommagé vers le pignon arrière, partout le matin commençait avec les oiseaux. (Il n'y avait plus de coqs au village.)

L'hôtesse Libuschka quitta sa pose et lentement, tout en balançant la tête, elle traversa la cour d'un pas traînant, marmonnant de vagues plaintes; elle qui, la veille, par ses méchants propos, avait donné le ton et offert aux messieurs l'apparence d'un objet toujours attrayant, n'était plus qu'une vieille femme : laissée seule avec soi, enserrée de sa couverture de cheval.

C'est pour ce motif que Paul Gerhardt qui maintenant commençait à énoncer son oraison matinale inclut la pauvre Courage à sa prière : Daigne le Seigneur Dieu et Père miséricordieux dans sa colère ne point trop durement châtier pour ses péchés la misérable créature, et user d'indulgence à l'endroit de futurs blasphèmes, car c'était la guerre qui l'avait faite, et avec elle rendu bête brute plus d'un pieux chrétien. Puis, comme chaque matin depuis déjà des années, il pria pour une proche paix qui apportât à tous bons croyants une protection, et, quant aux égarés et négateurs du vrai Dieu, leur valût d'y voir enfin clair, soit de subir un châtiment mérité. Au rang des égarés, le saint homme ne comptait pas seulement, comme il était traditionnel pour un vieux-luthérien de stricte obédience, les catholiques du parti papiste, mais aussi les huguenots, zwingliens et calvinistes, item tous extravagants mystiques; c'est pourquoi la religiosité silésienne lui hérissait le poil.

La piété charitable de Gerhardt n'excédait pas le périmètre de sa notion de Dieu et de ses cantiques qui portaient plus loin qu'il ne voulait l'admettre en son étroitesse.

Depuis des années déjà, quand, précepteur en la ville de Berlin, il grattait sa pitance dans le vain espoir d'un pastorat, de simples mots, en petit nombre, mais suffisant, formaient par lui des chansons aux cent couplets toujours neuves à l'usage des communautés paroissiales luthériennes, si bien que partout, pour l'usage domestique, et là où la guerre avait laissé des églises (jusqu'en pays catholique), on reprenait les succès du pieux Gerhardt : à la façon ancienne et sur de simples mélodies qu'y mettait Crüger, et plus tard Ebeling; par exemple *le Matin : « Éveille-toi, mon cœur, et chante... »* dont le premier couplet *« ... Au Créateur de toute chose, Au Dispensateur de tout bien, Au Protecteur du nom chrétien En qui l'espérance repose... »* avait vu le jour pendant le voyage de Telgte et, couché par écrit en neuf strophes à peu de temps de là, devait être mis en musique par Crüger.

Même si Gerhardt avait su s'y prendre, il n'aurait jamais, ni pour personne, écrit autre chose, des odes, des sonnets travaillés dans les règles, des satires ou de ces bergeries licencieuses. Il n'était pas homme de lettres, et la chanson populaire l'avait plutôt nourri qu'il n'avait appris chez Opitz (et son mandataire Buchner). Ses chants parlaient nature et non figures. C'est pourquoi tout d'abord il avait refusé d'être au rendez-vous des poètes. Il n'était venu que pour complaire à Dach, dont la piété pratique rentrait à la rigueur dans son idée de la religion; mais ç'avait été, comme il l'avait pressenti, pour être scandalisé de tout le monde : l'inlassable bel esprit de Hoffmannswaldau; le lait de vanité que Gryphius n'en finissait plus de traire aux pis d'un siècle écœurant; le bavardage précieux de ce Zesen qu'on disait si doué; ce Lauremberg réchauffant perpétuellement la même satire; les amphigouris pansophiques de Czepko; les incongruités de Logau; les orages de Rist et le va-et-vient des éditeurs affairés. Tout cela, l'expéditive prolixité des gens de lettres, leur multiple savoir constamment mis en montre, le dégoûtaient à ce point qu'à peine arrivé, lui qui était à part (avec son amour-propre) et n'appartenait à aucune société poétique, il aurait voulu rentrer chez lui; mais le bonhomme resta.

Et quand Paul Gerhardt, après avoir intercédé pour l'infâme aubergiste et pour la damnation des ennemis de la vraie foi, poursuivit sa prière matinale, il implora longuement qu'une lumière éclairât son prince souverain calviniste qui attirait par centaines des huguenots et autres égarés à coloniser la marche de Brandebourg : de cela Gerhardt ne pouvait l'aimer. Puis il inclut les poètes à sa prière.

Il pria le Dieu et Père tout-puissant d'inspirer par de vraies paroles les messieurs hautement instruits qui pourtant broutaient aux pâturages d'une profonde erreur, le roué Weckherlin, ce Moscherosch ambigu, d'une origine obscure, le méchant Greflinger, voire ce bouffon de Stoffel, bien qu'il fût catholique. Les doigts croisés, à sa ferveur il arracha cette prière : Puisse l'assemblée louer en toutes choses la magnificence du suprême Juge.

En appendice, il demanda pour lui-même l'attribution longuement espérée d'une cure pastorale, en Brandebourg si possible; mais c'est seulement quatre ans plus tard que Paul Gerhardt fut nommé prieur de Mittenwalde où enfin il put épouser son amour déjà bien avancé en âge du temps qu'il était précepteur, son élève Anna Berthold, et, d'arrache-pied, écrire à la suite cantiques sur couplets.

Alors Simon Dach sonna la cloche de la petite salle. Ceux

qui n'étaient pas encore réveillés le furent en sursaut. Les jeunes se trouvèrent sans les chambrières sur la paille du grenier. Marthe, Elsabe et Marie vaquaient déjà dans la cuisine. Elles coupaient du pain rassis dans la soupe matinale dont Heinrich Schütz, assis à la longue table, étranger et pourtant familier à tous, entre Gerhardt et Albert, mangeait aussi.

10

Un tel éclat ouvrit cette journée d'été. La lumière entrée par toutes les fenêtres donnait un air de chaleur à la maison que tenait au frais l'humidité des murs. De plus, les messieurs se réjouissaient de cette haute visite. Tout de suite après la soupe matinale, comme on était encore dans la petite salle (et après que c'eut été au tour de Czepko de dire l'action de grâces), Simon Dach, debout, dit à tout le monde : Avant qu'on ne se penchât à nouveau sur les manuscrits, il importait de souhaiter une bienvenue cordiale au célèbre visiteur, mais il fallait que ce fût mieux en détail que lui, simple amateur de musique, ne pouvait le faire. Son ami Albert – il voulait par là désigner l'organiste de la cathédrale – s'y connaissait davantage en motets et en madrigaux. Lui-même, faute de savoir, s'en tenait par force au respect étonné. Il ne connaissait guère que la petite chanson en basse générale. Puis il s'assit : allégé.

Après une apostrophe circonstanciée, Heinrich Albert traita au large la biographie du visiteur : comment le jeune Schütz, bien que ses parents l'eussent destiné à l'étude du droit, favorisé d'abord par le landgrave de Kassel, puis par le Prince-Électeur de Saxe, avait appris la composition musicale, en fait à Venise auprès de l'illustrissime Gabrieli qu'il aurait pu suivre en qualité d'organiste des deux orgues de Saint-Marc; mais il avait penché pour rentrer dans sa patrie. Bien plus tard, quand déjà la guerre imposait au pays son mortel tribut, il avait à nouveau pris congé pour se rendre en Italie afin de se perfectionner chez le glorieux Monteverdi, puis, égalant celui-ci, était rentré portant la musique la plus neuve, capable désormais de faire retentir la peine et la joie des hommes : leur attrition inquiète et leur colère, leur veille lasse et leur sommeil troublé, leur aspiration à la mort et leur crainte de Dieu, de même la louange et la bonté de Celui-ci. Tout cela surtout d'après les paroles seules vraies de l'Écriture. Et en des ouvrages innombrables. Que ce fût en des *Concerts spirituels* ou en *Pompes funèbres musicales,* que ce fût dans son *Histoire de la Résurrection* ou — ainsi encore deux ans auparavant — dans la musique de *la Passion et des sept Paroles du Seigneur sur la Croix.* C'étaient des compositions rigoureuses et tendres, simples et savantes à la fois. C'est pourquoi la plupart s'étaient avérées trop difficiles pour le chef de chorale du commun et le choriste médiocrement formé. Lui-même, souvent, cette polyphonie embrouillée l'avait réduit au désespoir, ainsi l'autre jour quand, pour la fête de la Réformation, il avait essayé le psaume quatre-vingt-dix-huit *Chantez au Seigneur* avec sa chorale du Kneiphof et, du fait de son chœur double, connu l'échec. Pourtant il ne pensait pas, en une occasion aussi heureuse, offusquer le maître par les plaintes d'un praticien du culte, d'autant que le maître de chapelle de l'Électeur de Saxe savait à son corps défendant combien il était ardu, en cette époque depuis longtemps troublée par la guerre, d'entretenir des chanteurs et des joueurs de viole convenables. Mal payés, les virtuoses italiens recherchaient la faveur des princes ponctuels. A peine si l'on pouvait nourrir un mince escadron de jeunes choristes. Ah! Puisse le Seigneur Dieu avoir pitié, qu'enfin se fasse la paix, qu'on puisse à nouveau être aussi habile artiste que le maître l'exigeait dans sa rigueur.

Puis Albert fit connaître au passage le désir exprimé par Schütz d'assister en auditeur à la lecture des manuscrits, parce qu'il en espérait un aiguillon, soit pour enfin, comme Monteverdi savait le faire pour sa langue, composer des madrigaux sur des paroles allemandes, soit, s'il advenait qu'il entendît une lecture dramatique, qu'elle pût lui servir comme livret d'opéra, comme vingt ans auparavant la *Dafné* de feu Opitz avait été favorable à sa musique; ce pourquoi, aujourd'hui encore, il savait gré de son entremise au Magister Buchner ici présent.

Tous attendirent alors non sans quelque gêne la réponse de l'invité; car, le temps qu'Albert parlait, louangeait, déplorait la tonalité difficile du maître et pour finir exprimait ses désirs, rien ne s'était produit sur le visage de Schütz. Pas même, à son front soucieux, un pli douloureux au-dessus des sourcils hauts, encore moins une détente. De même son regard, fixé sur quelque objet triste au-delà des murs, avait affecté une vigilance égale. Sa bouche, entre la moustache et la barbe qu'il portait soigneusement taillées à la façon qu'avait jadis Gustave-Adolphe, s'abaissait aux coins. Ses cheveux fauves étaient ramenés du front et des tempes en arrière. A peine si la respiration atténuait son immobilité.

Il parla enfin; son remerciement fut bref : Il n'avait fait que continuer l'enseignement de Jean Gabriel. Un trait remarquable, sinon d'une naïveté comme enfantine, était l'anneau que cet homme en tout point rassis portait à la main gauche et montra : Il l'avait reçu en gage d'amitié de Giovanni Gabrieli peu avant sa mort. Il fit un sort, en une phrase, à la polyphonie difficile invoquée par Albert : quiconque recherchait la simplicité et fuyait l'art n'avait qu'à s'en tenir aux couplets rimés et à cheminer selon la basse générale. Mais maintenant il brûlait d'entendre ce qu'il ne savait pas faire : composer habilement des mots.

Schütz avait parlé assis; il se leva, donnant à la compagnie, sans que Dach eût repris la parole, le signal de passer dans la grande salle. Tous quittèrent la table; seul Gerhardt prit un temps parce qu'il avait reçu pour lui seul la flèche de Schütz contre les couplets rimés. Weckherlin dut l'entreprendre, et finalement il put l'amener avec lui.

Un autre sujet d'inquiétude était Gryphius, songeait Dach : il ne voulait pas, en tout cas pas tout de suite, lire des extraits de la tragédie qu'il avait récemment achevée à Strasbourg, à son retour de France. Il voulait bien, parce qu'il le fallait, mais non sur-le-champ, pour la simple raison que Schütz — en tout respect de sa grandeur — le voulait ainsi. Et puis il n'était pas un trousseur d'opéras. Il n'avait pas le goût de la pompe des cours. Dach ferait mieux d'en appeler à d'autres, par exemple aux jeunes. Ceux-là, visiblement, la nuit ne les avait pas arrangés. Ils traînaient, la jambe molle. Même Greflinger en avait le fifre à la débandade. Il aurait fallu de leurs propres vers pour sonner la diane aux auteurs endormis.

Rien de cela n'échappait à Dach. Mais quand Rist et Moscherosch voulurent l'induire à faire lire d'emblée un manifeste que tous deux, conseillés par Hoffmannswaldau et Harsdörffer, avaient rédigé jusque tard dans la nuit, remanié au petit matin et voulaient adresser à leurs souverains comme l'appel à la paix des poètes, le magister du Kneiphof trembla pour l'unité de sa famille littéraire. « Plus tard, les enfants!, s'écria-t-il, plus tard! Nous voulons tout d'abord régaler monsieur Schütz des produits de notre industrie de plume. La politique est l'épouse podagre du poète. Elle ne va pas se sauver comme ça. »

Dans la salle, comme par habitude, on avait pris place. Au dehors, nous entendions plus loin que la veille les mulets mis à l'attache dans la brousse de l'île d'Ems. Quelqu'un (Logau?) demanda où était le Stoffel. Gerhardt n'en dit mot. Il fallut que Harsdörffer réitérât pour que l'hôtesse nous informât : le secrétaire régimentaire avait dû se rendre à Münster pour affaires urgentes. De très bon matin.

La Libuschka courait partout; elle avait repris du poil de la bête. Cette fois-ci, les cheveux frisottés. Elle n'avait pas ménagé la pommade. Elle donna l'ordre à ses chambrières d'apporter dans l'hémicycle un confortable fauteuil à larges accoudoirs. Comme sur un socle, éclairé de côté par les fenêtres, Heinrich Schütz, assis, offrait à l'assemblée un front soucieux.

11

On était toujours de bon matin quand débuta la seconde journée de lecture. Cette fois, un ornement avoisinait le tabouret du lecteur : un chardon venu haut, pris au jardin de l'aubergiste et mis dans un pot de terre. Tel quel, tout seul et pris en soi, le chardon était beau.

Sans faire allusion à ce « symbole d'un temps saccagé par la guerre », Dach passa à l'ordre du jour. A peine avait-il, par une coutume déjà bien ancrée, occupé son siège face au demi-cercle, qu'il appela, pour occuper successivement le tabouret à son côté (placé près du chardon) et lire, d'abord les jeunes : Birken, Scheffler, Greflinger.

Sigmund Betulius, dit Birken, enfant bohémien de la guerre, avait fui à Nuremberg, trouvé chez les Pastoureaux de la Pegnitz groupés autour de Klaj et de Harsdörffer un appui grâce auquel il avait obtenu le soutien de maisons patriciennes; c'était un jeune homme également épris de théorie, comme sa lecture devait le montrer. En outre il avait, sous le nom de « Floridan », ses admirateurs au sein de l'Ordre Pastoral et, sous celui du « Parfumé », de la Compagnie Patriotique de Zesen, grâce à des chants pieux, à des bergeries mi-vers, mi-prose, à des allégories théâtrales. Comme à peu d'années de là sa mise en scène de la fête donnée à Nuremberg pour *le Départ de la Guerre et l'Entrée de la Paix en Allemagne* en présence d'invités militaires recueillit un succès notable, il fut bientôt après anobli par l'Empereur et admis sous le nom de « l'Adulte » dans l'Ordre du Palmier silésien. Partout, chez lui comme en voyage, il tenait un journal de raison, ayant de ce fait parmi son bagage, dans le grenier de l'hôtel du Pont, un *diarium* enjolivé de guirlandes florales.

Birken peignait les sons, car tout pour lui prenait timbre et forme, et il ne disait rien droitement, mais, en style néo, tournait tout en images; il lut quelques poèmes-figures en forme de cœur ou de croix, ici surplombants, s'amincissant là, d'une facture appliquée, beaux à voir, mais qui ne furent guère au goût de l'assemblée parce que leur forme ne paraissait pas à la lecture. L'assentiment s'accrut quand il lut un poème où la Paix et la Justice échangeaient des baisers en forme de jeux de mots... *« les baisers les plus doux sans doute, plus doux que tout sont doux... »*

Harsdörffer (docte) et Zesen (en des commentaires échevelés) louèrent cette innovation de pionnier, que Buchner, partant de fort loin, assortit de réserves; dont Moscherosch prit occasion pour parodier tout le système, en particulier la rime *switzen-spitzen* dans un poème en forme de cœur; et qui réveilla chez Rist le pasteur assoupi : Une chance que feu Opitz n'ait pas dû entendre cette « Birkeniade » à la Zesen.

Le vieux Weckherlin avait goûté ces « gracieux ébats de mots ». Logau, bref comme toujours, dit : Là où n'était de sens, le mirliton en tenait lieu.

Ce fut ensuite le tour de Johann Scheffler qui bientôt, devenu médecin, se ferait catholique, puis, devenu prêtre (sous le nom d'Angelus Silesius), un coryphée de la Contre-Réforme jésuite; il accosta le chardon. D'un ton d'abord entrecoupé comme s'il s'égarait dans ses mots, puis avec davantage de contenance, parce que Czepko lui avait rendu courage en lui lançant un « Vas-y l'étudiant! », il lut une rédaction primitive de son cantique repris plus tard par toutes les confessions : *« Je veux t'aimer, toi qui me réconfortes... »* Puis il lut quelques sentences ou maximes qui devaient, seulement dix ans plus tard, sous une forme achevée, faire leur chemin sous le titre de *Pèlerin chérubinique;* leur premier effet fut de désorienter l'assemblée; des vers comme *« Dieu ne saurait vivre un instant Sans que je sois en lui pourtant »* ou surtout *« la Vierge ayant Dieu dans son ventre, C'est le cercle enclos dans le centre »* ne trouvèrent audience qu'auprès de Czepko et Logau.

Comme piqué, Gerhardt surgit : Encore un coup l'appeau d'un esprit errant silésien! C'était toujours le maudit cordonnier* qui parlait en ses disciples. Mirages et songes creux! Il mettait en garde contre le faux éclat d'une absurdité sacrilège.

Rist, en sa qualité de prédicant de la communauté paroissiale de Wedel, se vit appelé, comme du haut de la chaire, à confirmer le dire de Gerhardt : Mais il n'entendait pas s'expliquer plus clairement, car il soupçonnait peut-être comme un venin papiste dans ce babil tarabiscoté.

On fut surpris que le luthérien Gryphius intercédât pour Scheffler : Pour étrange qu'elle fût, la grâce de cette singulière ordonnance concentrique lui plaisait.

Vint ensuite Georg Greflinger à qui Dach vouait une

* *NdT :* Jacob Böhme (1575-1624).

faveur et une sollicitude paternelles : le gaillard était haut et large; étant enfant, la guerre l'avait ôté à ses brebis et jeté dans Ratisbonne, puis mis au service du Suédois, le troublant à tel point qu'il était toujours en voyage, allant de Vienne à Paris, Francfort, Nuremberg et aux villes de la Baltique, nouant de toutes parts des amours changeantes. Tout récemment encore, la plus durable promesse de mariage qu'il eût faite avait été déclinée par une certaine Elisa, fille d'un artisan de Danzig; il en avait fait dans ses poèmes une infidèle Flora. C'est seulement l'année suivante, à Hambourg, qu'il devait embrasser l'état marital, se ranger et faire de bonnes affaires d'abord en décrivant la guerre de Trente Ans en 4 400 vers alexandrins, puis en tenant une agence de renseignements et en publiant, à partir de la fin des années cinquante, un hebdomadaire : *le Mercure nordique.*

Ancré dans ce bas monde, Grefliger dit deux trois chansonnettes grivoises; l'une, célébrant spirituellement l'infidèle — *« Quand Flora faisait des siennes... »* — et l'autre, fêtant gaillardement les folles amours : *« Hylas en veut mille et une... »*, se prêtaient au débit oral. Le jeune homme n'avait pas fini, se parodiant lui-même et son maintien martial, de déclamer ses propos bouffons qu'un agrément gagnait l'assemblée. *« Aimer, ce n'est pas mon affaire; C'est paillarder que je préfère »* souleva un rire étouffé. On se contint seulement par égard pour Schütz. Mais on pouffa délibérément quand Greflinger y alla d'une chanson guerrière pour la paix :

« Compagnons, terreur des poulets,
Faites des broches de vos lames

Et ne bandez vos pistolets
Que pour décharger sur les dames... »

Dach et Albert, qui la trouvaient bien bonne, ne contredirent pourtant pas Gerhardt quand celui-ci, lors de la discussion qui suivit, dit au contraire de Moscherosch et de Weckherlin : Des vers orduriers de cet acabit ne pouvaient se chanter que dans le cloaque. Savoir si, sur les têtes assemblées, on voulait appeler la colère divine. Heinrich Schütz garda le silence.

Puis une agitation se fit jour parce que les trois servantes de l'hôtesse qui (avec la permission de Dach) avaient écouté à l'arrière-plan, prises d'hilarité aux couplets galants de Greflinger, ne pouvaient plus s'arrêter, s'étouffant, pouffant, gloussant, gigotant, geignant et criant comme hors d'elles tant que la contagion gagna l'assemblée par le fait de Marthe, Elsabe, Marie. Comme Harsdörffer s'étranglait de rire, son éditeur dut lui taper dans le dos. A Schütz lui-même, impassible, cette exécution à trois voix tira un sourire. Schneuber colporta la rumeur que répandait Laurremberg : Marie, qui avait le fou-rire, s'en était fait pipi sous elle le long des deux jambes. Nouveaux éclats de rire. (Je vis rougir Scheffler.) Seul le pieux Gerhardt trouva son jugement confirmé : « C'est bien ce que je disais. Le cloaque! le fétide cloaque! »

Alors Simon Dach, après avoir, par son dur regard appuyé d'un geste, renvoyé les servantes aux fourneaux, requit Andreas Gryphius de lire à haute voix des extraits de sa tragédie, *Léon l'Arménien.* (Par un appendice à mi-voix, il pria Schütz de n'en point vouloir à l'assemblée de cette pantalonnade puérile.)

Gryphius s'étant assis, le silence se fit aussitôt. Tout d'abord il regarda fixement les poutres du plafond. Gryf — ainsi l'appelait Hoffmannswaldau, son ami de jeunesse méthodiquement opposé — ensuite parla d'une voix forte en guise d'exorde : « *Vu que notre patrie se va ensevelissant de ses propres cendres et se mue en un théâtre de vanité, j'ai pour dessein de nous figurer dans la présente tragédie la caducité des choses humaines...* » Puis il fit connaître que son *Léon l'Arménien* devait être dédié au négociant présent Wilhelm Schlegel, son généreux Mécénas, parce qu'il avait pu écrire ladite pièce en voyages avec Schlegel, et grâce seulement à son renfort. Puis il résuma l'action, fixa dans Constantinople le lieu de la conjuration ourdie par le capitaine général Michael Balbus contre l'empereur Léon l'Arménien et assura l'hémicycle assemblé que la subversion de l'ordre ancien n'en faisait pas naître un nouveau.

Alors seulement Gryphius lut, appuyant chaque mot, mais sans aucun doute quelques feuillets manuscrits de trop — quelques auditeurs, non seulement les jeunes, mais aussi Weckherlin et Lauremberg, s'assoupirent —, lut en guise d'exposition la harangue où Balbus appelle à la conjuration : « *Le sang que vous avez pour le trône versé...* » avec les interjections des conspirateurs associés : « *Qu'il souffre ce qu'il fit! Déjà le jour se lève...* » jusqu'au serment de Crambe : « *... Donne-moi ton épée! Dans le sang du tyran sa lame soit trempée!* »

Ensuite il lut, truffée d'exclamations : « *Juste ciel! Qu'est ceci?* », la scène de l'arrestation que le capitaine général enchaîné conclut, sardonique : « *Je vous dirai ceci jusque sous la potence : Le juste a son comptant, le bon a récompense...* »

En guise d'intermède, le déclamateur développa le trio

rigoureusement structuré des courtisans sur les bienfaits et périls de la langue humaine; thèse : « *Le sort de l'être humain sur sa langue repose* »*;* antithèse : « *La mort de l'être humain sur sa langue repose* »*;* synthèse : « *Ta vie ou ton trépas ne tiennent qu'à ta langue* » par où s'achève l'édifice choral.

Après la scène du tribunal pomponnée d'éloquence excessive : « *... Qu'on le jette en prison! Prenant garde surtout D'assurer comme il faut la porte et le verrou...* » et le brûlant monologue de l'empereur Léon méditant le jugement des conjurés : « *C'est le sort de celui qui veut brandir la foudre : Qui joue avec le feu se voit réduit en poudre...* », Gryphius aborda enfin la scène qui achevait, non pas la pièce, mais la récitation.

Le dialogue entre l'empereur Léon et l'impératrice Théodosia se prêtait à une chute d'autant que l'impératrice, demandant que la mise au bûcher de Balbus soit ajournée jusqu'après le Saint Jour de Noël, à force d'éloquence parvient — « *... La justice a parlé, fais parler la clémence...* » — à désarmer un peu la résolution de l'empereur. « *... Le ciel bénit le chef qui retranche le vice...* » si bien « *Que la rigueur du droit, tempérant son extrême, Par là se concilie et le ciel et moi-même.* »

Certes Gryphius qui sans faiblir remplissait toujours la grande salle aurait aimé donner ensuite la parole au chœur des courtisans : « *O cours changeant de toutes choses, O perdurable vanité...* » mais Dach le pria (une main sur l'épaule du déclamant) d'en rester là. Chacun pouvait se faire une idée d'après ce qu'il avait entendu. Lui, en tout cas, était comme enseveli sous l'avalanche des mots.

Un nouveau silence couvrit l'assemblée. Les mouches.

La lumière en tas devant les fenêtres ouvertes filtrait dans la salle. Czepko, assis sur le côté, suivait du regard un papillon. L'été au large après la scène lugubre.

Le vieux Weckherlin, tiré de son sommeil par l'action animée, les propos et contre-propos de la dernière scène, demanda la parole en premier : seul un malentendu pouvait l'avoir rendu si hardi. Il loua la conclusion de la pièce et son auteur : Qu'il était bon que l'ordre demeurât préservé et que l'attentat préparé trouvât grâce auprès du prince. Il espérait que Dieu secourrait pareillement la pauvre Angleterre. Là-bas c'était Cromwell qui jouait les Balbus. On pouvait jour et nuit trembler pour le bien du roi.

Le secrétaire d'État ami de l'ordre fut vertement repris par le magister Buchner : Chacun avait flairé la future catastrophe dans ce qu'il avait entendu. Cette tragédie unique en Allemagne portait la marque de la grandeur car, au rebours de la tradition, elle ne condamnait pas une seule des parties, mais déplorait de tous côtés la caducité et la faiblesse de l'homme, la vanité de ses bonnes actions : la tyrannie existante n'était jamais que relayée par la suivante — Buchner loua particulièrement la figure de la langue en ses trois mouvements, car on y voyait emblématisé de façon savante le murex purpurifère à langue longue qu'on trouve chez Aristote. Puis le magister, sacrifiant à son devoir, se dit assez choqué des rimes trop fréquentes associant *todt* à *noth* et *Throne* à *Crone.*

Harsdörffer blâma patriotiquement le sujet étranger de la pièce : Une maîtrise du langage comme celle de Gryphius devait prêter sa vigueur à la seule tragédie allemande, au drame national.

Le lieu de l'action n'y fait rien, dit Logau, seule compte

la facture. Il ne l'admettait pas. L'opulence excessive des mots se noyait dans un bouillon pourpre ou bien s'assassinait elle-même quand l'auteur eût dû s'en prendre à la pourpre des princes et condamner leurs guerres perpétuelles. Certes Gryphius parlait de raison, d'ordre, mais sa prolixité torrentielle se vautrait dans la rébellion.

Tant pour la cause elle-même que surtout pour couvrir un sien ami, Hoffmannswaldau pria qu'on tînt compte à Gryf qu'il était une fois pour toutes entiché du chaos. Ses paroles étaient ensemble dans une contradiction telle que pour lui en tout temps la grisaille misérable tournait en gloire et le beau soleil en obscurité. La force de son verbe étalait sa faiblesse. S'il était, comme Logau, moins riche de langage, il pourrait à peu de frais dans une seule scène tailler trois pièces.

Oui oui, riposta Logau; il n'avait pas la palette de Gryphius, n'écrivait pas avec un pinceau.

Ni même avec une plume, répartit Hoffmannswaldau, plutôt avec un burin menu.

Cette escarmouche, si elle se fût prolongée, eût pu quelque temps encore divertir la compagnie par un envol de réparties, si Heinrich Schütz n'avait pris la parole et, debout brusquement, lancé par-dessus les têtes des poètes : Il avait tout entendu. D'abord les poèmes, puis ce langage divisé en rôles, articulé en scènes. Il entendait louer en premier les vers limpides, à la beauté sans apprêt, du jeune étudiant en médecine dont malheureusement le nom lui avait échappé. Si celui-là, comme on venait de le lui dire, s'appelait Johann Scheffler, il prenait note de ce nom. A première vue, il croyait pouvoir faire un double chœur *a capella* à huit voix, par exemple, sur le poème de la rose ou bien sur cette maxime traitant d'accident et de substance qui était ainsi conçue : « *Soyons substantiels; s'il advient que tout meure, L'accident s'abolit, la substance demeure.* » De pareils mots avaient du souffle. Et n'était la démesure, il aurait dit qu'une intuition de cette sorte ne se trouvait que dans l'Écriture sainte.

Mais il voulait en venir aux autres. Par malencontre, les vers du jeune Birken avaient manqué à pénétrer son oreille. Il les lui fallait lire. C'est au relire qu'apparaissait si le carillon des mots n'était que de vent, ou s'il donnait un sens. En outre il ne pensait nier que les chansonnettes d'amour du sieur Greflinger, desquelles à vrai dire il connaissait au reste la pareille au recueil d'arias de son cousin Albert et dont — tant était blasphémé en la patrie alentour — il ne pouvait moralement prendre ombrage, n'eussent du moins cette qualité dont il est besoin pour écrire des madrigaux. Cet art, comme il le savait pour son malheur, à peine était possédé d'un poète en Allemagne. Quelle bonne fortune, celle d'un Monteverdi, auquel un Guarini avait écrit les plus belles pièces, item un Marino. Pour être favorisé de tels textes, volontiers il conseillerait au jeune homme de s'éprendre du madrigal tudesque, tel qu'avant lui l'avait tenté le défunt Opitz. Cette sorte de vers relâchée, et non strophique, pouvait être gaie, plaintive, belliqueuse, voire plaisamment absurde et s'adonner à folie, pourvu que bien en souffle elle laissât place à la musique.

Cette place, par malheur, il ne la trouvait point dans les scènes dramatiques entendues. Pour autant qu'il estimât hautement l'âpre gravité des sonnets du sieur Gryphius, qu'il soutînt véhémentement la plainte élevée de cet auteur contre la vanité de ce monde-ci, que durable beauté parlât en cette lecture : lui, le compositeur, ne trouvait point de place parmi tant de mots. Pas de geste paisible qui s'y pût développer. La voix endeuillée de quiconque ne pouvait en pareille cohue s'amortir, ou s'ouvrir en écho. Certes on y trouvait tout dit côte à côte nettement, pourtant une netteté y effaçait l'autre, tant qu'en résultait un vide surpeuplé. Tout, bien que violemment les mots se remuassent, demeurait du tout immobile. S'il voulait mettre en musique une telle tragédie, lui faudrait déclarer une vraie guerre aux mouches. Las et encore hélas ! Quelle bonne fortune eut Monteverdi que le maître Rinucci lui fournît des *libretti* dociles. Loué, célébré serait tout poète qui s'entendrait à lui procurer un texte beau comme la *Plainte d'Ariana.* Ou approchant la scène animée qui, sur paroles du Tasse, avait inspiré une émouvante musique comme étant le combat de Tancrède et de Clorinde.

Mais tant en vouloir était trop demander. Il lui fallait se restreindre. Où Patrie gisait terrassée, Poésie ne pouvait fleurir.

Ce ne fut pas un silence, mais une agitation qui répondit à ce propos. Gryphius était comme foudroyé. Et avec lui, beaucoup se sentaient frappés. Que précisément ce feu follet de Scheffler et ce satyre de Greflinger eussent trouvé grâce n'était surtout pas du goût de Gerhardt. Il était déjà debout, voulant tenir le propos inverse. Il n'était pas embarrassé de répondre. Il savait quelle musique seyait à la Parole. Il le ferait savoir à l'italianisant, au panégyriste des Welsches, au sieur *Henrico Sagittario.* Et ce en bon allemand. Il lui dirait franchement...

Mais Gerhardt n'eut pas encore son tour. Ni Rist ni Zesen, qui avaient hâte de répondre, n'en reçurent licence.

(Moi non plus, et pourtant j'avais mon paquet prêt.) Simon Dach, prenant au vol un signe que l'hôtesse lui fit de la porte, leva l'assemblée : Qu'on voulût bien, avant la controverse, manger en paix la soupe après se l'être salée.

Tandis que les messieurs se levaient de leurs chaises, Harsdörffer voulut savoir si le Gelnhausen était de retour : le Stoffel lui manquait.

12

Savoureuse et maigre. La couenne qui y était avait dû servir déjà la veille. Cette soupe pour petits appétits voulait un grand souvenir : semoule embellie de cerfeuil. Un croûton de pain avec. Ça ne remplissait pas les jeunes gens. Greflinger faisait la lippe. Hoffmannswaldau à qui la maigre pitance de la veille avait tiré un éloge de la vie simple opina qu'on pouvait aussi exagérer la simplicité. Puis il poussa devant le jeune Birken son écuelle à demi pleine. Gryphius mêlait à sa soupe un ingrédient d'idées, élevait la faim silésienne au rang de faim mondiale. Désinvolte, Logau moqua l'art contemporain d'allonger les potages. Czepko se tut sur sa cuillère. D'autres (Moscherosch, Weckherlin) s'étaient abstenus ou bien (comme Buchner) avaient emporté leur écuelle fumante dans leur chambre. (Plus tard, Schneuber répandit le bruit qu'il avait vu l'une des servantes — Elsabe — monter l'escalier derrière le maître ès arts avec du supplément dans un torchon.)

Schütz, demeuré à table au contraire, mangeait tandis que son cousin Albert l'entretenait par des histoires de temps meilleurs : au début des années trente, tous deux avaient goûté la faveur du roi Christian à la cour de Copenhague. On entendit rire le *Sagittario.*

Harsdörffer, ayant cette fois pu prononcer la prière, opina incidemment que la soupe au cerfeuil, en un mot, aurait dû inciter à la pénitence; Dach répondit que c'était ma foi toujours la guerre, mais qu'avec le marchand Schlegel et quelques imprimeurs il irait bien faire un tour à Telgte, histoire d'acheter de quoi croquer pour le soir.

Un rat d'église même y perdrait son latin, s'écria Lauremberg. Il ne restait dans la ville que des habitants clairsemés, tout était désert, portes et fenêtres clouées. Les portes de ville à peine gardées. Rien que des chiens errants. Schneuber et lui avaient tenté de bon matin d'acheter quelques poulets contre espèces sonnantes. Mais plus rien ne caquetait.

Le curieux, c'est que le pieux Gerhardt s'échauffait la bile : On aurait dû mieux se pourvoir. Dach, puisqu'il invitait, aurait dû tenir prêt le strict nécessaire – du lard et des fèves. N'avait-il pas la faveur de son prince. Pourquoi n'aurait-il rien pu prélever sur le fourrage calviniste de Son Altesse? Il ne demandait que ce qui répond aux besoins de tout chrétien. Au reste, un hôte de marque tel que le maître de chapelle de l'Électeur de Saxe, s'il daignait s'attarder chez de simples écrivains de chansons strophiques, pouvait exiger d'être mieux traité.

A ces mots, Dach : On ne pouvait s'en prendre qu'à lui. Mais il ne souffrirait pas qu'on abaissât la religion de son prince. A se demander si Gerhardt connaissait les Édits de tolérance brandebourgeois?

Il ne s'y plierait pas; telle fut la réponse. (Et beaucoup plus tard, en qualité de diacre de l'église Saint-Nicolas de Berlin, il put démontrer son zèle au point d'être relevé de son office.)

Par bonne fortune, il restait encore de la bière brune rhénane. Rist s'entremit par gestes. Buchner, tenant son autorité de Wittenberg, rappela ses anciens élèves à l'ordre. Et quand l'hôtesse eut donné quelque espoir à la compagnie, disant que Gelnhausen, à son retour de Munster, apporterait sans doute quelque victuaille, les poètes eurent bientôt surmonté la querelle du potage pour se repaître de substances langagières : c'étaient des ruminants vivant de peu, se rassasiant à la rigueur de se citer eux-mêmes.

Tandis que la critique de Schütz n'empêchait pas Gryphius toujours éperdu d'ébaucher quelques nouvelles tragédies aux scènes lugubres devant des auditeurs bientôt rassemblés, l'éloge de Schütz avait intéressé quelques éditeurs aux papiers de l'étudiant de Breslau : le jeune Scheffler ne savait comment se dérober aux propositions des éditeurs. Endter de Nuremberg fit miroiter un poste de médecin de ville, puis Elzévir offrit le retour à Leyde afin de reprendre les études : Il avait été loisible de reconnaître, aux propos de l'étudiant, où — comme auparavant le jeune Gryphius — son esprit s'était élargi.

Mais Scheffler s'en tint à son propos : Il prendrait conseil d'une autre bouche. (C'est sans doute pourquoi je le vis plus tard entrer à Telgte par la porte d'Ems pour s'agenouiller, parmi les vieilles femmes habituelles, devant l'image de bois miraculeuse...)

A l'autre bout de la longue table, Logau et Harsdörffer voulaient savoir ce qui avait mené Gelnhausen à Münster de si bonne heure. L'hôtesse Libuschka leur dit derrière sa main, comme si elle trahissait un secret. La chancellerie impériale avait mandé le Stoffel.

Non seulement les Weimariens regimbaient, mais chez les

Bavarois aussi, qui avaient fait leur paix séparée avec le Suédois, il y avait mutinerie : étant passé à l'Empereur, le général de cavalerie Werth tentait de relancer la guerre. Elle connaissait bien sa troupe de drilles. Elle avait eu pour concubins deux époux, quoique pour peu de temps, issus de ces régiments. Ensuite Libuschka expliqua pourquoi elle avait fui l'austère discipline des régiments de Wallenstein. Elle se perdit en anecdotes de campagnes enchevêtrées d'où il ressortit à son décrédit que trois ans plus tôt, avec les troupes armées de Gallas, elle avait envahi le Holstein et fait sa pelote au pillage de Wedel – heureusement Rist avait d'autres motifs de s'émouvoir.

Son récit remonta plus haut : Au milieu des années vingt, étant encore dans la fleur de sa jeunesse et portant la culotte, elle avait servi sous Tilly et – c'était à Lutter – fait prisonnier de guerre un capitaine de cavalerie danois. Celui-ci, à coup sûr – car il était de la noblesse –, l'aurait rendue comtesse si le décours d'une guerre aux faveurs volages...

Naturellement on écoutait Libuschka. Mieux que beaucoup de poètes, elle connaissait à fond le ballet changeant des puissances. Elle dit : ce qui déterminait le cours des opérations, c'était non la diplomatie, mais la recherche de quartiers d'hiver.

Ses histoires faisaient oublier la mission de Stoffel. Tant qu'elle parlait, arpentant par bonds dans le temps trois décennies, le vieux Weckherlin lui-même fut avide de se voir expliquer la fatalité réformée de sa jeunesse, la bataille de Wimpfen, décrite des deux rives du Neckar, et le miracle favorable aux Espagnols – une apparition drapée de blanc de la Vierge Marie : c'était, dit l'hôtesse, l'explosion d'un dépôt de munitions qui avait produit un nuage qui, poussé par le vent sur le champ de bataille, avait admis des interprétations catholiques.

Quand Moscherosch et Rist alternativement lurent à haute voix l'appel adressé par les poètes aux princes, dans la version qu'ils avaient rédigée avec Harsdörffer et Hoffmannswaldau mais qu'au gré de Dach ils n'avaient pu présenter dès le matin, alors seulement l'intérêt quitta l'aubergiste pour s'enflammer à la misère de la patrie. Il s'agissait de se faire entendre. Faute de régiments, ils pouvaient enrôler des mots.

Comme ce fut Rist qui lut le premier, l'appel commença par un coup de tonnerre : *« L'Allemagne, le plus magnifique empire du monde, est maintenant épuisée, ravagée et gâtée jusqu'à fond, telle est la vérité! Le farouche Mars ou la maudite guerre est la plus effroyable punition et la plus abominable plaie dont Dieu a frappé voici bientôt trente ans l'infinie malignité des péchés innombrables de l'Allemagne impénitente. Telle est la vérité! Puisse la patrie hautement affligée et gisante en agonie être à nouveau gratifiée de la plus noble paix. C'est pourquoi nous autres poètes réunis à Telligt *, qui selon une ancienne leçon veut dire jeune chêne, sommes empressés à proposer notre opinion aux princes allemands et étrangers et à l'affermir en vérité... »*

Puis Moscherosch énuméra les chefs des partis. Furent nommés l'Empereur en tête, les Princes-Électeurs dans leur ordre ancien (moins la Bavière, sans omettre le Palatinat) avec toute l'exquise révérence qu'avait su y mettre Hoffmannswaldau. Puis furent invoquées les couronnes

* *NdT :* autre forme de Telgte.

étrangères pour être aussitôt toutes ensemble, tant Allemands que Welsches ou que le Suédois, sans égard à leur confession, en butte à l'accusation, les Allemands d'avoir livré la patrie aux hordes étrangères, les étrangers d'avoir choisi l'Allemagne pour leur champ clos, si bien qu'elle gisait à présent en miettes, ayant avec l'ancien ordre perdu toute loyauté et — sa beauté perdue avec — devenue méconnaissable. Seuls les poètes, au dire de la proclamation, savaient encore ce qui valait d'être nommé allemand. *« Parmi d'ardents soupirs et de brûlantes larmes »,* ils avaient, pour dernier lien, noué la langue allemande. C'étaient eux l'autre, véritable Allemagne.

Au bout de quoi (encore Rist, puis Moscherosch) furent alignées quelques requêtes, comme de renforcer les États, de conserver la Poméranie et l'Alsace au sein de l'Empire, comme le Palatinat restitué dans l'Électorat, la restauration de la royauté élective en Bohême et — naturellement — la liberté de toute confession, étant expressément nommée aussi la calviniste (Stipulation des Strasbourgeois).

Bien que ce manifeste — le texte lu à haute voix, alinéa sur alinéa, d'une voix forte — eût d'abord éveillé l'enthousiasme, bientôt des voix se firent entendre pour qu'on voulût bien lui rabattre sa superbe, réduire ses exigences, en souligner le sens pratique. Comme on s'y attendait, Gerhardt s'offusqua qu'on fît mention expresse des calvinistes. Buchner (revenu de son cabinet) déplora (regards vers Schütz) la trop sévère condamnation de la Saxe. Weckherlin dit : Ce n'était pas ce papier d'écrit qui inciterait Maximilien à faire un pas contre les Hispaignols, ni le landgrave de Hesse contre les Suédois. D'ailleurs le Palatinat était perdu pour toujours. Et Logau, railleur : Si d'aventure le cardinal de France lisait pareille épître, il évacuerait aussitôt l'Alsace et Brisach en abandonnant tout butin. De même il voyait Oxenstierna, à cet appel venu du cœur de l'Allemagne, faire la petite bouche sur la Poméranie, l'île de Rügen comprise. Greflinger en fut piqué : Savoir ce que ce fin renard avait contre les Suédois. Si l'héroïque Gustave-Adolphe n'avait pas franchi la Baltique, Hambourg même serait devenu papiste. Et si Saxe et Brandebourg n'avaient si assidûment tiré du jeu leur lâche épingle, on aurait, avec le Suédois, poussé jusqu'au Danube et au-delà. Et si, l'année d'avant, les reîtres de Wrangel n'étaient allés visiter la Bavière, les portes de Ratisbonne, d'où il était natif, lui fussent demeurées closes.

Seul le Suédois, s'écria Lauremberg, avait chassé de Mecklembourg le Duc de Friedland*. Exact, s'écrièrent les Silésiens; qui, sinon le Suédois, les protégerait du papisme. Quels que fussent les excès douloureux des garnisaires, on avait motif de garder de la reconnaissance. Il fallait biffer du manifeste les attaques contre la couronne suédoise. Effaré, le jeune Scheffler restait muet. Quand Schneuber objecta qu'il faudrait alors faire quartier au Français, car la France avait affaibli l'Espagne de façon décisive, Zesen dit ce que Rist avait exactement voulu dire : Alors il n'y avait plus matière à se plaindre, sauf l'habituelle impuissance. Celle-là, point n'était besoin de la claironner. Elle ne valait pas un colloque. Était-ce la peine de rester rassemblés pourquoi?

Heinrich Schütz, spectateur absent de cet échange, répondit à la question du pourquoi : A cause des mots

* *NdT :* Le célèbre Wallenstein.

écrits que seuls les poètes avaient la grâce de composer selon les règles de l'art. L'impuissance – il la connaissait bien – pouvait se laisser arracher un petit « quand même ».

A cela nous pouvions souscrire. Vite, comme pour mettre à profit la brève suspension d'armes, Simon Dach dit : Le texte lui plaisait quoiqu'il n'y eût rien à en faire. Le sieur Schütz, si sévère par ailleurs, n'avait fait que dire à mots doux ce que chacun savait : aux poètes manquait tout pouvoir, sauf un seul : de savoir composer à point des mots, même inutiles. On laisserait la proclamation dormir une nuit d'où sortirait peut-être une meilleure leçon. Puis il invita l'assemblée à passer dans la grande salle pour une nouvelle controverse. En effet Gerhardt voulait enfin répliquer à l'illustre visiteur.

13

La soupe au cerfeuil où avait cuit la semoule avait sans doute apaisé les esprits, ou bien était-ce l'appel aux princes qui avait agi comme une saignée; toujours est-il que, devant le demi-cercle atone, Gerhardt, avec mesure, répondit au maître de chapelle saxon.

Heinrich Schütz, dit-il, reprochait à la poésie allemande son défaut de souffle; elle était farcie de scories verbales; aucune musique ne pouvait, dans cette cohue, s'épanouir en un geste souple ou tendu; cette appréciation fâcheuse à quoi, subsidiairement, il fallait ajouter en note que la guerre avait sans doute desséché le courtil de poésie, cette thèse demeurait comme telle car, à l'invitation de Dach, Gerhardt ne parlait qu'en général. Notre hôte n'avait en vue que les sommets de l'art. Du haut de cet empyrée, il avait perdu de vue la simple parole. Celle-ci voulait servir Dieu d'abord, devant qu'elle ne se pliât aux règles de l'art. C'est pourquoi la vraie religion réclamait des cantiques qui fissent barrage à toute tribulation. De tels cantiques étaient dédiés au simple sentiment en sorte que la communauté paroissiale pût chanter sans peine. Et en de nombreux couplets, afin qu'en chantant le chrétien échappe à sa faiblesse, acquière une foi forte et reçoive une consolation dans les temps difficiles. Cela, aider le pauvre pécheur à chanter selon sa mesure, Schütz n'y avait pas pris garde. Même le psautier de Becker, à ce qu'il lui avait fallu entendre de toutes parts, était trop revêche pour les communautés de fidèles. C'est pourquoi il, Gerhardt, comptait plutôt sur son ami Johann Crüger qui, étant chantre, s'y connaissait en cantiques à couplets. Pour lui, l'art n'était pas le suprême sommet. Pour lui, ce qui comptait, ce n'étaient pas les brillantes chapelles des cours princières, mais les besoins de l'homme quelconque. Lui et d'autres, non qu'ils fussent des compositeurs illustres, ne jugeaient pas trop médiocre de servir aux besoins quotidiens de la communauté chrétienne et de mettre en musique des cantiques à couplets. Il cita de Fleming, prématurément rappelé à Dieu, *« En toutes mes actions »* ou bien, de l'honorable Johann Rist : *« Éternité, verbe qui tonne... »* ou bien de notre aimable Simon Dach : *« Quel bonheur que la piété... »* ou même de ce Gryphius encore dédaigné, mais véritable maître de la parole : *« Toute la grandeur d'ici-bas Deviendra cendres et fumée... »* ou même de lui, Gerhardt, humble serviteur du Seigneur : *« Éveille-toi, mon cœur, et chante... »* ou bien : *« Remercions, honorons tous... »* ou bien ce qu'il avait écrit ici même, dans sa chambre, parce qu'enfin la paix était proche et voulait être célébrée par les communautés paroissiales : *« Loué soit Dieu qu'ait résonné Le mot de paix et d'allégresse, Et que soit enfin rengainé Le glaive qui de mort s'engraisse... »*

Gerhardt, à la façon saxonne, déclama d'un bout à l'autre ce cantique en six strophes dont la quatrième — *« Champs féconds, jadis chargés D'une moisson riche, Aujourd'hui tout ravagés, Réduits à la friche... »* — avait trouvé des mots simples pour exprimer l'état de la patrie. L'assemblée lui en sut gré. Rist rendit un hommage ému. Encore en larmes : le jeune Scheffler. Gryphius se leva; il alla jusqu'à Gerhardt qu'il embrassa dans un grand geste. Puis un air de réflexion passa. Schütz semblait assis comme sous une cloche de verre. Albert plein de détresse intérieure. Dach se moucha bruyamment plusieurs fois.

Alors, quand le silence éclata de nouveau, Logau dit : Il voulait seulement faire observer que le cantique spirituel, tel qu'il était produit avec zèle par beaucoup des personnes présentes à l'usage des communautés, n'était pas un sujet de controverse littéraire; tout autre chose était, selon lui, le grand art de monsieur Schütz lequel ne pouvait se soucier de la quotidienne chanson à couplets, car il se tenait placé comme sur un socle à quatre degrés échappant aux emplois arbitraires mais pourtant, quoiqu'à vrai dire par-dessus la communauté, ne sonnait qu'à la louange de Dieu. De plus il était bon de considérer de près ce que monsieur Schütz avait avancé contre l'usage époumonnant que les poètes allemands faisaient de leur langage. Lui, en tout cas, était reconnaissant de la leçon.

Czepko l'approuva; Hoffmannswaldau de même; Rist et encore Gerhardt pensaient autrement; Gryphius menaçait d'éclater et Buchner, ayant rongé son frein en silence, s'était refourni d'un assez long discours; si bien qu'une nouvelle discussion aurait pu s'enclencher à l'instant, d'autant que Dach semblait indécis, comme en proie au nouveau déferlement de l'éloquence; alors, contre toute attente (et sans en être prié) encore une fois Schütz parla.

D'abord, assis, il se disculpa discrètement d'avoir donné lieu à tant de malentendus. La seule faute en incombait à son immense appétit de livrets décantés et pourtant émouvants. C'est pourquoi il exposerait encore un coup quelle sorte de langage pouvait servir la musique.

Il se leva, commença d'expliquer doctement, sur l'exemple de sa musique de la Passion : *les Sept Paroles du Christ en Croix,* son maniement musical des mots. Quel étirement ils devaient permettre, quelle élévation. Comment le geste du mot s'épanouit en chant. A quelle hauteur sublime devait s'élever l'expression profonde de la tristesse. Finalement, il chanta, d'une voix de vieil homme restée belle, le passage concernant Marie et l'apôtre : *« Femme, femme, vois, ceci est ton fils... » « Jean, Jean, vois, ceci est ta mère... ».* Puis il se rassit et, cela fait, mettant encore aux cent coups l'assemblée, proclama d'abord en latin — *« Ut sol inter planetas... »* — puis en version allemande la devise d'*Henrico Sagittario :* « Comme le soleil parmi les planètes, ainsi la musique brille au milieu des arts libéraux. »

Que Dach, encore réjoui (effrayé peut-être) par le chant émouvant, n'ait pas ressenti la nouvelle outrecuidance, soit qu'il n'ait pas voulu l'entendre, il appela sans transition de nouvelles lectures : d'abord Zesen, puis Harsdörffer et Logau, enfin Johann Rist. Les appelés successivement acquiescèrent. Seul Rist pria de tenir compte qu'il ne pourrait que présenter un médiocre premier jet. A chaque lecture faisait suite une critique serrant de près le texte sans se perdre encore dans la théorie, sauf les habituelles échappées dans la morale. A l'occasion, l'un ou l'autre quittait la réunion, soit pour gâter de l'eau dans la cour, soit pour aller à Telgte faire un tour, soit pour gobelotter au soleil devant l'écurie avec les mousquetaires restés en poste. (Le lendemain, quand Weckherlin se plaignit qu'on lui eût volé de l'argent dans sa chambre, Greflinger encourut le premier soupçon, car Schneuber l'avait vu jouant aux dés.)

« Le Bien-Disant » — tel fut le nom qu'il reçut l'année suivante quand il fut admis à la Société Fructifère, peu avant d'être anobli — Filip Zesen, cet agité, cet exalté, toujours en avance sur ses propres innovations, dévoré de plusieurs feux internes qui se contrariaient, bref ce jeune homme parla d'abord confusément, sans appeler par son nom le fait — des cadavres au fil de l'Ems — d'une *« affreuse image »* qui manquait encore à son manuscrit pour y mettre fin à l'amour. Puis, s'étant repris, il lut, étant sur le tabouret proche du chardon, des extraits d'un roman d'amour à façon pastorale déjà imprimé en Hollande : on y voit un jeune Allemand du nom de Markhold vainement courtiser une Rosemonde vénitienne car lui, de confession luthérienne, ne peut obtenir sa main que sous la promesse de faire élever d'ultérieures filles selon le papisme.

Ce conflit qui avait de l'ancienneté et davantage encore d'avenir intéressa l'assemblée, bien que le livre fût connu de la plupart et que l'écriture nouveau style de Zesen — il mettait *di* pour *die, si* pour *sie,* plaçait des inflexions : *ändlich, stärblich, härz,* mais aussi *trühbnüs* et *dahrüm* * — eût déjà suscité quelques pamphlets, Rist en tête.

Certes Harsdörffer et Birken défendirent le novateur et hardi plasmateur du verbe, certes Hoffmannswaldau loua le cours galant de la narration, mais les évanouissements de l'adriatique Rosemonde, ses *« pâmes »* constantes —

* *NdT* : Allemand : *endlich, sterblich, Herz, Trübnis, darum.*

« les yeulx estoient demi-ouverts, la bouche apâlie, la langue muette, les joues sans couleur, les mains fanées et sans mouvement... » — déclenchèrent des rires gênants chez Rist et d'autres auditeurs (Lauremberg et Moscherosch) pendant la lecture et d'allègres parodies en cours de critique.

Zesen était comme un chien qu'on fouette. C'est à peine s'il entendit l'exclamation de Logau : « Il fallait bien prendre ce risque ! » Quand finalement Buchner entreprit de canaliser les débordements sensitifs en nourrissant d'Opitz un discours glacé, Zesen chercha refuge dans un saignement de nez. Cet homme sec en avait de reste. Ça coulait par-dessus sa fraise. Gouttait dans le livre encore ouvert. Dach coupa court à la critique. Quelqu'un (Czepko ou l'éditeur Elzévir) emmena Zesen à l'écart. On le coucha sur le sol frais, bientôt le saignement cessa.

Entre-temps Harsdörffer avait pris place à côté du chardon. « Le Joueur », ainsi qu'on l'appelait au sein de la Société Fructifère. Un monsieur toujours délibéré, sûr de soi, sachant flairer la nouveauté, qui se donnait pour un docte accoucheur de jeunes talents et — à l'exclusive prospérité de Nuremberg — pour un politique patricien de sa ville plutôt que pour un poète de tempérament ; donc il lut ce qui plut à tout le monde : quelques-unes de ses énigmes dont la solution amusa l'assemblée. Tantôt c'était un lit de plumes, puis l'ombre d'un homme, encore un glaçon fondu, l'écrevisse maligne et savoureuse, enfin un enfant mort dans le sein de sa mère, habilement déguisés chacun dans un quatrain. Harsdörffer lisait gaiement, tempérant plutôt les effets.

Après bien des louanges auxquelles s'accorda Gryphius,

Birken demanda prudemment, comme s'il voulait prendre conseil de son Mécénas, s'il était bien convenable de cacher, en cette forme versifiée aux pieds légers, un enfant déjà mort dans le sein de sa mère.

Après avoir qualifié d'absurdité la question de Birken, cité puis réfuté des objections que Rist et Gerhardt n'avaient proférées qu'à voix basse, le magister ès lettres Buchner estima que l'énigme pouvait être galamment troussée aussi bien qu'accoucher d'une solution tragique; au reste, cette forme petite ne valait que pour un ouvrage extérieur de la poétique, fait tout à l'aune des Pastoureaux de la Pegnitz.

C'était le tour d'escabeau de ce gentilhomme campagnard ruiné, mais remis en selle comme régisseur des biens de Brieg; sur les piquants du chardon qu'il jouxtait, il ficha en manière d'ironique sous-entendu deux ou trois de ses petits paperas grands comme la main. « Le Rapetissant », tel était son nom comme membre de la Société Fructifère. Et Logau avait fait ses preuves dans le raccourci. Sarcastiquement et trop insolemment au gré de quelques oreilles, il en disait plus en deux lignes que n'auraient pu en délayer de longues dissertations. Voyons les confessions : *« Papiste, calviniste ou même luthérien : Où, dans cet embarras, se trouve le chrétien? »* Ou bien en prévision de la paix imminente : *« Si paix nous est rendue, en ce ravage triste, Qui renaîtront premiers?... le bourreau, le juriste. »*

Après deux poèmes plus longs dont l'un faisait parler un chien de guerre, Logau conclut par un distique où il s'en prenait à la mode féminine et qu'il voulut expressément dédier aux servantes de l'hôtesse Libuschka : *« Par leur accoutrement, les femmes d'aujourd'hui, Font montre par en haut que par en bas leur cuit. »*

A l'agrément marqué par Hoffmannswaldau et Weckherlin s'ajouta même celui de Gryphius. Silence approbateur de Buchner. Quelqu'un prétendit avoir noté un sourire de Schütz. Rist envisagea publiquement d'imposer le distique sur la querelle des confessions lors de son prochain prêche à sa paroisse de Wedel. Quand – on pressentait pourquoi – le pieux Gerhardt demanda la parole, Dach omit de voir sa main levée et dit, comme pour faire entendre raison à l'interrupteur ignoré : Quiconque prendrait ombrage de la sincérité de Logau se verrait enfermé le soir même avec les trois servantes. Son petit doigt lui avait dit qu'un certain nombre de messieurs avaient déjà suivi la pente de ce pays-là.

Les poètes s'entretoisèrent d'un air goguenard. Greflinger sifflotait. Birken, la lèvre humide, souriait. Schneuber, à mi-voix, affûtait ses flèches, et Lauremberg s'informa du jeune Scheffler. Buchner dit : Ben oui. Il fallait se hâter; le peu de temps n'admettait que la digression brève.

Parmi les rires, le « Cygne de l'Elbe » avait cependant occupé le tabouret entre Dach et le chardon. C'est ainsi que ses amis, avec qui il correspondait en qualité de membre de la Société Fructifère sous le nom de « Gaillard », parfois, par allusion à Opitz, le « Cygne du Bober », appelaient Johann Rist. Tout en lui était majestueux : sa verve prédicante éveillant les échos, ses sorties de chambellan, son humour plein du plat pays, sa stature colossale toujours habillée de drap choisi, sa barbe, son nez saillant et même son regard humide, malgré cette façon malicieuse qu'il avait de resserrer l'œil gauche. Il avait son opinion sur tout. Rien n'échappait à sa contradiction. Constamment tiraillé de démêlés divers (et non seulement avec Zesen) il se pencha sur ses papiers, il les manipula d'abord, comme indécis, puis, prenant son attitude, il fut prêt.

Rist annonça comme avant-propos que, voulant anticiper la conclusion d'une paix qui se négociait toujours au fracas des armes, il avait commencé d'écrire une pièce de théâtre qui s'intitulerait : *l'Allemagne exalte la paix.* On y verrait paraître un premier rôle féminin : « la Vérité ». « Car il faut bien que la Vérité proclame ou annonce quelques choses chères au cœur de plusieurs, mais peut-être pour le vif déplaisir d'un grand nombre. Ainsi donc, Allemands, soyez attentifs ! »

Il lut quelques scènes du premier intermède où un gentilhomme las de la guerre converse avec deux paysans dont il déplore la dépravation. Les soldats ont écorché les paysans. Les paysans ont appris des soldats à écorcher les gens. Ils volent, pillent, rançonnent, boivent et paillardent comme ceux-ci. C'est pourquoi ils redoutent le jour de paix qui pourrait mettre un terme à leur vie dissolue. Tandis que les paysans Drewes-Fouille-au-Pot et Beneke-Turluret vantent leur amusante vie de coupe-jarrets dans un bas-allemand raboteux — *« Peu nous chaut de la guerre. Guerre par-ci, guerre par-là, pourvu qu'il y ait à boire frais chez notre cabaretier, le Peter Langwammes... »* —, le gentilhomme s'étonne dans l'allemand gourmé des chancelleries : *« Veuille me garder le Dieu suprême! Qu'entends-je? Voulez-vous, misérables, plutôt vivre de vos exactions dans le tumulte de guerre que connaître la prospérité sous votre souverain ordinaire, goûter la paix et le repos? »* Mais les paysans préfèrent le temps déréglé de la guerre au pressoir fiscal qu'ils redoutent quand la paix aura éclaté. Ils craignent l'ordre ancien revenu comme ordre nouveau. Les contributions de guerre levées par les troupes changeantes leur sont moins lourdes que le poids des impôts à venir.

Rist lut la brève scène où, inversant les rôles, l'officier exhorte à la paix, où les paysans veulent prolonger la guerre; il y mettait l'habileté d'un acteur alternant les masques. Dommage que trop peu d'auditeurs pussent suivre le bas-allemand du Holstein. Après avoir lu, l'auteur dut traduire pour Moscherosch, Harsdörffer, Weckherlin et pour les Silésiens les passages les plus truculents; ils y perdaient de leur suc et devenaient exsangues comme les répliques de l'officier. La controverse qui en résulta s'appliqua moins à la scène du jeu de la paix qu'à l'immoralité générale.

Chacun savait de triples exemples : A Brisach, pendant le siège, on avait abattu des enfants vagabonds. La populace, partout d'où l'ordre avait dû fuir, tranchait du despote. Le croquant le plus pouilleux se pavanait nippé à la citadine. Et chacun connaissait des bandits de grand chemin en Franconie, en Brandebourg, tapis à tous les coins de bois. Pour la dixième fois, Schneuber se plaignit d'avoir été pillé avec Moscherosch en venant de Strasbourg. On parla de malfaiteurs déjà pendus ou encore à pendre. Et d'incriminer les atrocités des fourrageurs suédois. Mais tandis que le chœur des Silésiens abondait en horribles détails (potion suédoise, pieds au feu), soudain, annoncé du dehors par un long vacarme (les corniauds de garde aboyaient), le greffier régimentaire surgit au milieu de l'assemblée.

Toujours en pourpoint vert, une plume au chapeau, il fila entre les messieurs, salua selon l'usage des Impériaux et proclama la fin des vaches maigres et des soupes au cerfeuil. Il avait mis un point final à la hâve disette. Il avait vu accourir à lui cinq oies, trois gorets et un mouton gras. On l'avait en chemin bombardé de saucisses. Il allait en apporter la preuve. Déjà l'on pouvait voir dans la cour ses gens tourner la broche. Il y aurait une fête à quoi les poètes contribueraient seulement par distiques luculliens, iambes orchestratiques, sentences bachiques, dactyles dionysiaques et sages propos platoniciens. A défaut de la paix, l'on célébrerait la guerre en son agonie. Qu'on passe enfin dans la cour et s'ébahisse de ce que le Stoffel, qu'on appelait « Simplet » de la Bohême jusqu'en Brisgau, du Spessart jusqu'aux plaines de Westphalie, s'était si bravement appliqué à fourrager pour le Parnasse d'Allemagne.

La séance ne fut pas aussitôt levée. Dach tenait pour l'ordre. Il dit qu'il lui revenait de lever l'assemblée. Il recevrait les inscriptions suivantes et les oppositions. Le « Cygne de l'Elbe », n'était-il pas vrai, ne devait pas avoir chanté pour rien.

Donc nous poursuivîmes par un bref échange de propos la discussion sur la scène de Rist et le déclin des mœurs qui affectait tout le pays. Gryphius pria de considérer que le sot public, si on lui montrait cette pièce de théâtre, applaudirait les paysans plutôt que le gentilhomme. Moscherosch loua Rist d'avoir osé mettre en scène la misère présente. Mais, demanda Czepko, et avec lui quelques autres, le paysan n'avait-il pas motif de redouter le rétablissement de l'ordre ancien? Quoi, s'écria Lauremberg, quel ordre voulait-on avoir, sinon le bon vieil ordre?

Comme la question risquait d'alimenter encore la controverse portant sur un ordre nouveau, équitable si possible, et que, venue de la cour, l'odeur de rôti pénétrait dans la salle, Simon Dach, à la vue de l'agitation croissante, signala que s'achevait la séance de l'après-midi. Quelques-uns – non seulement les jeunes – coururent dehors. D'autres prirent leur temps. Partirent tout à la fin Dach et Gerhardt; ce dernier, comme réconcilié, poursuivant avec Schütz un paisible entretien. Il ne resta, dans la grande salle parquetée, que le chardon à côté du tabouret luisant. Dehors, on se serait cru dans une cantate de fête.

14

Les cinq oies étaient déjà mises à une broche, les trois cochons de lait à une autre, et le mouton, farci de saucisses, tournait à la troisième. On avait apporté la grande table de la petite salle contre le fourré de la berge du bras extérieur pour qu'elle ne fût pas balayée par la fumée des feux qui venaient en braise au milieu de la cour. L'hôtesse avec ses trois servantes volait de la maison à la cour pour mettre la table. A y regarder de plus près, les nappes montraient avoir servi précédemment à couvrir des autels. Les assiettes, les tasses, cruches et écuelles pouvaient provenir d'un de ces manoirs westphaliens entourés de douves. Sauf des fourchettes à deux dents, il n'y avait pas d'autres couverts.

La fumée tirait vers l'écurie d'en face, si bien que les aulnes de la rive du bras intérieur limitant la ville, les pignons de la Herrenstrasse et, sur le côté, l'église paroissiale semblaient voilés. Les mousquetaires de Gelnhausen vaquaient aux rôtissoires. Ils recueillaient dans des pots la graisse qui dégouttait des oies, des cochons, du mouton si bien qu'ils les pouvaient sans arrêt enduire de graisse d'oie, de saindoux et de suif. L'île d'Ems était, jusqu'au moulin à foulon, couverte d'un fourré de genévriers dont le palefrenier allait prendre des bourrées sèches qui donnaient aux feux par instants un vif regain de fumée : la ville de Telgte s'étendait, peinte à plat, derrière cette image animée où les corniaux, seuls ou en meute, prenaient des poses toujours nouvelles. (Plus tard, ils se disputèrent les os.)

Pendant ce temps, les cavaliers de Gelnhausen, sur des piquets fraîchement enfoncés en terre, tendaient des toiles de tente historiées, comme qui dirait du pavillon d'un colonel hessois, en guise de baldaquin par-dessus la table. Puis on orna par des guirlandes de feuillage entrelacées de roses sauvages qui venaient à foison dans le jardin de l'hôtesse les piliers du baldaquin. Ses bords étaient ourlés de franges tressées en nattes où pendaient des grelots qui plus tard, quand passa le zéphyr, contribuèrent à la fête.

Il faisait encore jour et le soir ne faisait qu'un début timide; pourtant Gelnhausen, du chariot bâché attelé de bon matin, lequel avait déjà fourni les oies, cochons, mouton, la vaisselle de table et le baldaquin, tira cinq lourds chandeliers d'argent, de provenance cléricale, encore garnis de leurs cierges à peine entamés. Le Stoffel rangea l'argenterie à trois bras en bon ordre sur la table mise. Après avoir essayé quelques formations plus lâches, il choisit le genre militaire et planta le tout sur une ligne comme une compagnie. A l'écart, en groupes, les poètes virent tout cela; moi, je prenais des notes.

De l'inépuisable chariot, sous les yeux de Gelnhausen, on tira une figure de bronze haute comme un jeune garçon qui représentait Apollon; cette œuvre d'art, moyennant un nouvel exercice d'ordre exécuté par les cierges, prit sa place au milieu; alors seulement Simon Dach ne se suffit plus d'écarquiller son étonnement et d'admirer cette profusion avec une inquiétude croissante. Il prit l'hôtesse à part, voulant savoir d'où et de quel droit l'on avait apporté ces trésors, comment on les avait payés ou, si empruntés, avec la permission de qui. Tant de biens ramassés de toutes mains — viandes, lingerie, métal — ne se trouvaient pas dans le pas d'un cheval.

Tout, dit Gelnhausen, même les oies, gorets, le mouton, provenait de maison catholique, mais devait être regardé pour honorable, car, lors de sa visite à Münster, laquelle il avait par force tenue secrète — on lui passerait les détails —, quelques ambassadeurs du Congrès de Paix avaient salué chaudement la rencontre des poètes qui s'était ébruitée entre-temps. Le nonce pontifical, monsignore Chigi, demandait qu'on inscrivît une dédicace personnelle dans l'exemplaire des *Propos et Devis des Dames,* production harsdorffienne qu'il emportait partout avec lui en édition princeps de quarante et un. L'ambassadeur vénitien Contarini adressait un salut au *Maestro Sagittario* que San Marco n'avait pas oublié et se permettait de rappeler qu'un retour de monsieur Schütz à Venise y recueillerait à tout moment des ovations. Le marquis de Sablé avait sur-le-champ, par estafettes, informé de la rencontre poétique le cardinal de France et, pour le cas où l'assemblée lui faisait cet honneur, ferait mettre en état son palais. Seul l'envoyé suédois arrivé d'Osnabrück avait, bien qu'il fût le fils du grand Oxenstierna, pris l'air d'un veau quand il tonne quand on lui avait énuméré les noms illustres : pour lui, c'était de l'hébreu. En revanche, le comte Jean de Nassau qui, depuis le départ de Trauttmannsdorff, menait les pourparlers au nom de l'Empereur, n'en avait que marqué un supplément de cordialité, donnant mission à Isaak Volmar, haut dignitaire de sa chancellerie, de veiller au bien-être des poètes accourus de si loin : victuailles, rafraîchissements, ainsi que par d'aimables présents : une bague d'or que voici pour monsieur Dach, des gobelets d'argent repoussé que voici, que voilà... Sur quoi Volmar, muni d'instructions écrites concernant le festin imminent, avait mis à profit la connaissance qu'il, Gelnhausen, avait de la contrée. Il avait dû courir ici et là. En effet, il connaissait comme sa poche le pays de Westphalie. Jadis, il avait été le célèbre Chasseur de Soest, battant le pays entre Dorsten, Lippstadt et Coesfeld. A Münster même, où tout allait aux ambassades, il n'avait guère trouvé qui valût la peine. Mais le plat pays donnait toujours. Bref, instruit par Nassau, il avait pu, étant du parti impérial, exécuter presque sans peine les ordres reçus, d'autant que la région alentour était plus catholique que jamais un pape n'en aurait eu idée. Manquait rien. Sauf la venaison. Il montrerait de bonne grâce la liste que voici. Tout y était coché : le vin et le fromage. Est-ce que par aventure monsieur Dach n'était pas satisfait?

Ce rapport, semé de quelques anecdotes touchant les palabres de Münster, orné d'incidentes, ici passées sous silence, prenant à témoin le personnel de l'Antiquité, avait été d'abord écouté par Simon Dach seul, puis par Logau, Harsdörffer, Rist et Hoffmannswaldau, bientôt par tous en cercle, d'abord avec méfiance, puis avec un étonnement croissant, nuancé de satisfaction pour finir. Dach tournait la bague entre ses doigts embarrassés. Les gobelets d'argent passèrent de main en main. Logau (une vieille habitude) eut beau faire ses remarques pointues; bien qu'il y eût dans ce rapport diverses exagérations, on ne détesta pas de recevoir les salutations et hommages venus de si haut. Et quand, de sa sacoche de courrier, Gelnhausen tira un exemplaire des *Devis et Propos des Dames* — parfaitement : édition princeps de quarante et un! — dont l'ex-libris avouait qu'il était au nonce pontifical Fabio Chigi (devenu par la suite, à l'issue d'un concile de quatre-vingts jours où son habileté fit merveille, le Pape Alexandre VII), le tendit et, souriant, pressa Harsdörffer d'y mettre sans tarder une dédicace, de toutes parts on fut persuadé que le banquet imminent était honnête; même Logau se tut.

Un reliquat de scrupules — pouvait-on, étant bon luthérien, accepter ces offrandes fondamentalement papistes? — fut dissipé par Dach qui sut persuader Gryphius et finalement aussi Rist et Gerhardt en invoquant les bons offices qu'Opitz, ce maître vénéré, avait rendus à la cause catholique : le défunt « Cygne du Bober » avait été de tout temps un iréniste au sens du savant Grotius et, en sa qualité de disciple de Lingelsheim, avait rompu des lances pour la liberté de confession et contre toute exclusive. Ah! si seulement la paix pouvait réussir de telle sorte que les luthériens pussent partager le repas des catholiques, et ceux-ci la table des luthériens et calvinistes. Quant à lui, en tout cas, un porcelet catholique lui mettait l'eau à la bouche.

Déjà l'hôtesse appelait : On pouvait entamer.

15

Enfin! s'écria Greflinger en secouant sa chevelure noire qui godronnait sur ses épaules. Lauremberg, d'accord avec Rist, était sûr de n'avoir pas volé ce rôti. Mais Czepko, proche de Logau, était soucieux : C'était le diable peut-être qui avait allumé les trois brasiers. Birken entendait rattraper de son mieux le manque subi jusqu'alors. Il le promit au discret Scheffler dont le regard suivait les servantes. Moscherosch affamé se poussait entre Harsdörffer et son éditeur. Quand Gryphius invoqua la vaste capacité de son estomac, Hoffmannswaldau lui rappela combien fugitifs sont les plaisirs de la table. Schneuber avait encore mal aux fesses; difficile pour lui de prendre place sans ennui à un aussi copieux banquet. Le vieux Weckherlin voulait se précautionner d'un blanc d'oie mis en poche et conseillait à Gerhardt de se pourvoir à l'identique. Mais tout en passant devant Zesen qui dardait sur les feux un regard clairvoyant, Gerhardt menaça l'assemblée d'imposer à chacun la tempérance en disant la prière du repas. Mais Dach, ayant à son côté Albert, dit : Aujourd'hui, ce serait le jeune Birken qui prierait à haute voix pour tous. Albert promena un regard circulaire, posa une question au négociant Schlegel qui, par le canal d'Elzévir, transmit la question à l'éditeur Mülben puis, quand elle parvint à Buchner, elle eut sa réponse : Schütz n'était pas à table.

D'où je sais tout cela? J'étais parmi, j'étais avec. Rien ne m'échappait, ni que l'hôtesse Libuschka dépêchait une de ses chambrières en ville y recruter des personnes de liesse pour la nuit. Qui j'étais? Ni Logau ni Gelnhausen. D'autres pourtant eussent pu se voir invités : Neumark par exemple, mais il resta dans Kœnigsberg. Ou Tscherning, que regrettait surtout Buchner.

Toujours est-il que je savais : les tonneaux étaient de vin de messe. Mon oreille happa ce que se disaient les mousquetaires impériaux en découpant les oies et porcelets, en attaquant le mouton. J'avais vu Schütz, à peine entré dans la cour, constatant la dépense et devenu l'auditeur de Gelnhausen, monter l'escalier de sa chambre. Je savais même ce que ne savait personne d'autre : qu'à Münster, tandis qu'à Telgte, à l'hôtel du Pont, commençait le festin des poètes allemands, les envoyés de Bavière cédaient l'Alsace à la France et recevaient en échange le Palatinat (et la promesse d'un chapeau d'Électeur). J'en aurais pleuré, de ce maquignonnage, mais je riais parce que j'étais là, parmi les autres, tandis que sous le baldaquin hessois, comme déjà survenait la demi-ténèbre du soir, on allumait les bougies dans l'argenterie catholique et que nous joignions les mains. Car à ce moment se leva Birken qui était à une place à côté de Scheffler; l'Apollon de bronze à hauteur d'enfant le cachait pour moitié à ma vue; mais, beau comme ce bronze, il prononça une prière d'un protestantisme achevé : « *Avec Jésus qui nous seconde, Fuyons le monde au sein du monde...* » Ensuite, debout, du milieu de la table, Simon Dach — le dos à l'Ems extérieure, face à la ville obscurifiée contre le ciel — s'adressa encore à tous, bien que la viande tranchée fumât déjà dans la porcelaine nobiliaire. Peut-être fut-ce parce que Birken avait prié à table sur un ton trop sinistre et désincarné *(« Puisque nous sommes à table, mortifions notre chair »);* toujours est-il que, chrétien pratique par inclination, il apportait un réconfort terrestre : S'il était vrai que l'esprit même ne vivait pas de pur esprit, les pauvres poètes, toujours papillonnant en marge, pouvaient à bon droit recevoir d'un cœur assuré une sérieuse collation : C'est pourquoi il ne voulait plus poser à Gelnhausen, auquel il disait merci, d'autres questions sur l'origine, mais s'en tenir là. Tout en espérant que la bénédiction céleste reposait sur tout ce qui garnissait la table, il priait les amis de complaire à un palais non blasé. Que la fête commençante soit un suffisant avant-goût de la paix future !

Ils se servirent. A deux mains. En calant dévotement les coudes sur la table. Avec un appétit silésien, franconien, ostelbien, brandebourgeois, alémanique. De même les reîtres, mousquetaires, chiens corneaux, le palefrenier, les chambrières et l'escadron volant de personnes du sexe que l'on avait mandées de la ville. Ils attaquaient jusqu'à l'os des oies, des porcelets, du mouton. La farce du mouton — boudins et saucisses de foie — était aussi venue sur la table et restée pour moitié près des feux. Dans le jus qui dégouttait de leurs barbes taillées en pointe, en rond, en croc, et stagnait suiffeux dans les assiettes, ils trempaient des tranches de pain blanc frais. La croûte craquait sur la peau des cochons de lait. Les bourrées de genévrier mises pour rallumer avaient donné bon goût en particulier au mouton.

Seule l'hôtesse, avec Gelnhausen, continuait ses allées

et venues. Ils servirent à la suite : une semoule de millet étuvée avec des raisins secs, des ramequins de gingembre candi, des cornichons, de la compote de pommes, de lourdes cruches pleines de vin rouge, du fromage de chèvre séché et enfin, bouillie à la cuisine, la tête de mouton à qui Libuschka avait forcé une betterave rouge en travers des dents, mis un petit col rond en façon d'homme de qualité et placé en guise de couronne une guirlande de glaïeuls tressés. En l'apportant, la Courage prit un air de reine, donnant à la tête couronnée un surcroît de dignité.

Il y avait là matière à bons mots. La tête de mouton suggérait des comparaisons. On lui rendit hommage en iambes et en trochées, en pieds trisyllabes, dits amphibraques, en dactyles à la Buchner, en alexandrins, en contrepets, distiques et rimes internes et à l'improvisade : Greflinger en déplorant d'avoir été le mouton berné de son infidèle Flora, les autres par des allusions politiques.

« C'est l'aigle qui figure à notre écu, dit-on; Mais à voir l'Allemand qu'on pressure et qu'on tond, Il n'y faut plus un aigle, il y faut un mouton », lança Logau. Moscherosch fit *« à la façon d'Espagne, Converser en français le blason d'Allemagne »*. Et Gryphius qui s'empiffrait comme s'il voulait engloutir le monde, délaissant pour un temps la patte de devant d'un goret, rima : *« Tous les moutons qui bêlent : Paix! Par le boucher l'auront après. »*

Le magister Augustus Buchner admit ces rimes promptement trouvées, passa outre aux rigmaroles de Zesen *(« Moutons moutonnant au ciel montent... »)* et se contenta d'observer : Il était heureux que l'austère Schütz n'entendît pas ces tours de bateleurs... Alors Dach qui venait d'enduire de pomme en compote une patte d'oie s'arrêta brusquement, nota le sursaut de la tablée et pria son Albert d'aller voir en hâte ce que devenait leur invité.

L'organiste de la cathédrale trouva le vieil homme dans sa chambre, sans soubreveste, reposant sur le lit. Schütz, haussant le buste, dit : C'était gentil de noter son absence, mais il voulait reposer encore un peu. Les mille impressions nouvelles méritaient réflexion. Ainsi la découverte qu'un esprit aigu comme celui de Logau ne tolérait pas de musique. Oui oui. Il croyait volontiers qu'on était d'humeur gaie dans la cour. La joie venait en polyphonie jusque dans sa chambre et tournait en dérision des pensées comme celle-ci : A supposer, comme lui, que la raison nuise à la musique, donc que la composition musicale coure à l'inverse de la composition verbale raisonnable, il se demandait comment Logau, malgré sa tête froide, parvenait quand même à la beauté. Le cousin Albert pouvait sourire de tant de subtilité et le traiter de juriste rentré. Ah si seulement, avant que la musique ne s'emparât de lui tout entier, il s'en était tenu à l'étude du droit. Aujourd'hui encore, le temps de Marbourg lui était profitable, car il y avait appris la pénétration d'esprit. Si on lui accordait un peu de temps, il perçait à jour le tissu de mensonges le plus raffiné. Il ne lui manquait plus qu'un ou l'autre fil de trame. Car ce Stoffel venu on ne savait d'où, qui assurément inventait avec plus de verve que plusieurs des poètes accourus, montait une fable énorme ayant sa propre logique. Quoi? Comment? Le cousin Albert y croyait encore fidèlement? Alors il ne voulait pas alarmer cette candeur. Si, si; il viendrait boire un verre. Plus tard ou bientôt. Que personne ne s'inquiétât. Le cousin pouvait partir bien tranquille et être gai.

En peu de mots, comme Albert était déjà sur le pas de la porte, Schütz fit un codicille de ses ennuis rassemblés. Il dit que sa situation à Dresde était piteuse. D'un côté, il jugeait souhaitable de retourner à Weissenfels; d'un autre il avait envie de partir pour Hambourg et au-delà, jusqu'à Glückstadt. Il pensait y trouver un avis de la cour danoise l'invitant à Copenhague : opéras, ballets, madrigaux alertes... Lauremberg lui avait donné de l'espoir : l'héritier du trône était ami des arts. En tout cas il portait sur lui la seconde partie de la *Sinphonia sacra* en exemplaire imprimé : Elle était dédiée à ce prince. Puis Schütz se recoucha, mais sans fermer les yeux.

Dans la cour, à la nouvelle que le maître de chapelle de l'Électeur de Saxe viendrait plus tard pour un moment, on fut diversement soulagé : d'abord parce que l'hôte illustre ne s'abstenait pas par dépit; et parce que cet homme austère ne tenait pas à prendre place à la table de fête parfois débridée, voire tapageuse ici ou là. Nous aimions bien être quand même un peu entre nous.

Greflinger et Schneuber avaient amené par signes à la table les trois servantes de l'hôtesse et — non sans l'entremise de Gelnhausen — admis en renfort diverses garces de Telgte. La chambrière Elsabe était sur les genoux de Moscherosch. Ce devait être Weckherlin qui avait dépêché au pieux Gerhardt deux femmes excessivement affectueuses. Quand la mince servante qu'on appelait Marie se colla familièrement et comme une vieille connaissance contre l'étudiant Scheffler, le jeune homme fut bientôt criblé de lazzi. S'y distinguèrent Lauremberg et Schneuber : Est-ce que la Marie lui tenait lieu de Sainte Vierge? Formait-il le dessein, par cet accouplement, de se faire catholique? Et autres taquineries, tant qu'à la fin Greflinger les reprit à la façon bavaroise en leur montrant ses poings.

Ailleurs le pasteur Rist dont les mains exploraient une des catins de ville avait reçu de Logau un affront. Tout ce que le « Rapetissant » avait pensé dire au « Gaillard », c'est que, s'il mettait tant de zèle à chercher un trésor, il lui restait à peine une moitié de main pour la cruche de vin. Sur quoi Rist, à deux mains, et d'une voix forte, avait fait une sortie. L'esprit de Logau, dit-il, était corrosif, car il manquait d'un sain humour et, puisqu'il manquait d'un sain humour, il n'était qu'ironie et, puisqu'il était ironique, il n'était pas allemand et, puisqu'il n'était pas allemand, il était le contraire d'allemand.

Ainsi naquit une nouvelle controverse où servantes et filles de joie étaient comme abolies. On happait seulement les pots de vin pour y boire tout en débattant l'essence de l'ironie et de l'humour. Logau n'eut bientôt plus d'autre suppôt que lui-même, car Rist – et bientôt Zesen lui fit écho –, qualifiant de démoralisateur, de métis, de bâtard, de français, donc de platement ironique le regard rapetissant qu'il portait sur les choses, les gens et les mœurs, l'envoya de la sorte promener et, littéralement, au diable; car sur un point Rist et Zesen étaient d'accord : les acrobaties pleines de sous-entendus que l'équivoque Logau mettait de préférence en distiques n'étaient qu'œuvres du diable. Comment, du diable? Ben, parce qu'elles étaient françaises et, pour ce motif, du diable.

Il est vrai que Hoffmannswaldau tenta de mettre fin à cette querelle d'Allemands, mais son humour s'y prêtait peu. Le vieux Weckherlin, tout réjoui, retrouvait les vociférations de son pays natal. Gryphius, la langue pâteuse, mais fortifié par le vin, y alla d'un rire satanique. Moscherosch tenta de placer un mot favorable à Logau; il survint alors des remarques sur son nom qui ne révélait rien de morisque et — pargoy! — surtout pas une souche allemande. Lauremberg en embuscade cria le vilain mot. Un poing frappa la table. Du vin sauta par-dessus bord. Greflinger humait l'approche de la bagarre. Déjà Dach se levait pour opposer à l'explosion de la force brutale son « Suffit, les enfants! » jusqu'alors respecté quand, sortant de l'obscurité, Heinrich Schütz en costume de voyage traversa la cour et refroidit la compagnie.

L'invité pria qu'on se gênât point; mais l'humour et l'ironie, son antinomique, furent aussitôt comme balayés. Personne n'avait voulu aller si loin. Chambrières et jeannetons se retirèrent vers les brasiers qui flambaient toujours. Buchner évacua le fauteuil prévu pour Schütz. Dach protesta de la joie que lui inspirait, pour tardive qu'elle fût, la venue de cet hôte. L'hôtesse Libuschka voulait lui servir une tranche de gigot. Gelnhausen remplit un gobelet. Mais Schütz ne mangea ni ne but. Son regard muet parcourut la table, puis les feux au milieu de la cour où maintenant tous les mousquetaires et cavaliers faisaient la fête aux servantes et aux putains municipales. Il y avait parmi les mousquetaires un médiocre cornemuseux. On vit deux, puis trois couples danser devant et derrière le feu sous un éclairage variable.

Schütz considéra quelque temps l'Apollon de bronze, brièvement les chandeliers d'argent, puis il se tourna vers Gelnhausen toujours debout près de lui avec la cruche de vin. Il questionna le Stoffel en direct à la face : Pourquoi l'un des cavaliers et le mousquetaire qui était en train de danser — celui-là ! — étaient-ils blessés à la tête ? Il voulait une réponse sans détour.

A ce moment, tous ceux qui étaient à la table apprirent qu'un coup de feu avait frôlé le cavalier, et que le sabre d'un dragon n'avait, Dieu soit loué, que légèrement blessé le mousquetaire.

Schütz revint à la charge ; on entendit qu'il y avait eu rencontre entre les Impériaux de Gelnhausen et un parti de Suédois cantonnés à Vechta. Mais on avait mis en fuite les fourrageurs suédois.

En faisant du butin ? s'informa Schütz.

Il apparut alors que les oies, les cochons de lait, le mouton venaient justement d'être abattus par les fourrageurs suédois chez un paysan à qui, admettons, le Gelnhausen avait pensé rendre visite : Il connaissait ce brave homme (que malheureusement les Suédois avaient cloué d'une hallebarde à la porte de la grange) du temps où lui s'était acquis une large réputation sous le surnom de Chasseur de Soest. En ce temps-là, on le voyait partout en pourpoint vert à boutons dorés...

Schütz ne tolérait aucune diversion. Il s'avéra finalement que l'argenterie d'église, l'Apollon haut comme un garçonnet, les toiles de tente hessoises, la porcelaine de gentilhommière, les nappes d'autel, ainsi que la compote de pommes, le vin de messe, le gingembre candi, les cornichons au vinaigre, le fromage et le pain blanc auraient été trouvés dans un chariot suédois de prise.

Comme pour donner à son rapport le maximum de réalité, Gelnhausen expliqua : Il avait fallu transborder le bagage, car le carrosse suédois en fuite s'était embourbé jusqu'au moyeu.

Qui nommément avait donné l'ordre de ce brigandage?

C'était ainsi qu'à la rigueur on pouvait prendre l'instruction du comte de Nassau, transmise par la chancellerie impériale. Or ce n'était pas un brigandage, mais au contraire une rencontre toute militaire découlant de la guerre qui avait entraîné le transbordement du fourrage. Voir consigne.

Comment, littéralement, était la teneur de l'ordre qu'il avait reçu de source impériale?

Outre la courtoise transmission des salutations du comte, il lui avait été commandé de veiller au bien-être corporel des poètes assemblés.

Ce bien-être exigeait-il absolument que l'on fourrageât, donc signifiait-il divers rôtis, saucisses, deux tonneaux de vin, un bronze artistique et autres prodigalités?

Après l'expérience acquise la veille dans la cuisine de l'hôtesse du Pont, il n'eût guère été possible d'exécuter de façon plus nourrissante la mission de bien-être corporel impartie par le Comte. Et pour ce qui était du cadre tout simple de la festivité, Platon déjà...

Comme pour faire déborder la cruche, Schütz voulut encore apprendre du Stoffel si, lors de l'infâme brigandage, d'autres personnes que le paysan avaient subi un dommage. Et Gelnhausen déplora subsidiairement : Dans la mesure où le cours rapide de l'événement permettait le souvenir, les manières suédoises n'avaient pas réussi au valet et à la servante. Et, mourante, la paysanne avait craint pour son petit garçon que, Dieu merci, il avait vu fuir dans le boqueteau voisin, échappant au massacre.

Puis le Stoffel dit encore : Il savait une histoire qui commençait tristement dans le Spessart. Il y avait passé étant gamin. Son pépère et sa mémère avaient péri horriblement. Lui du moins était vivant. Veuille Dieu que le petit Westphalien rencontrât en chemin pareille chance.

Le banquet offrit ensuite un spectacle de désolation. Les os, les petits os en tas. Des flaques de vin. La tête de mouton jadis couronnée, maintenant rongée. On avait une envie de vomir. Les cierges consumés jusqu'à la bobèche. Les chiens corniaux qui s'égosillent. Un cliquetis narquois : les grelots du baldaquin. Le désenchantement général se nourrissait à l'entrain des mousquetaires et des cavaliers : avec les paillasses, ils chantaient, riaient et braillaient près des feux sans ombre de mélancolie. Un mot de l'hôtesse coupa tout de même le bourdon du cornemuseux. Le jeune Birken, un peu à l'écart, écorchait le renard. Les messieurs piétinaient en groupes. Scheffler pleurait, mais pleuraient à l'unisson Czepko et le négociant Schlegel. On entendit Gerhardt prier à mi-voix. Gryphius, toujours étourdi de vin, contournait la table en titubant. Logau assurait à Buchner que d'emblée cette scapinade l'avait trouvé méfiant. (Je parvins non sans peine à retenir Zesen qui voulait aller au bord de l'Ems voir dériver des cadavres au fil de l'eau.) Et Simon Dach, comme brisé, respirait difficilement. Son Albert dévoué lui ouvrit le col de sa chemise. Seul Schütz gardait contenance.

Il était resté dans son fauteuil à table. Assis, il conseillait aux poètes de continuer leurs entretiens, de couper court aux plaintes vaines. Leur part de faute était mince au regard de Dieu. Mais leur cause utile au verbe et profitable à la pauvre patrie restait grande et devait être soutenue. Il espérait n'avoir pas importuné.

Puis il se leva pour prendre congé : de Dach en particulier, d'Albert avec chaleur, de tous les autres par un geste.

Il dit encore : Ce n'était pas le scandaleux incident, mais sa hâte de gagner Hambourg et la suite qui précipitait son départ.

Après des instructions lapidaires – Dach envoya Greflinger chercher le bagage –, Schütz prit Gelnhausen à part à quelques pas de distance. On entendit le vieil homme parler sur le mode amical, à en croire le ton : il prodiguait des exhortations. Il rit une fois, puis tous deux rirent. Quand le Stoffel s'agenouilla devant lui, Schütz le remit debout. Selon ce que Harsdörffer raconta par la suite, il avait dit au greffier régimentaire : Il ne devait plus jamais vivre ses histoires mensongères, mais bravement les noter par écrit. La vie lui en avait suffisamment appris.

Quand partit Heinrich Schütz, outre le chariot bâché, deux reîtres impériaux lui firent escorte jusqu'à Osnabrück. Les messieurs se tenaient en rang dans la cour à la lumière de torches. Ensuite Simon Dach convoqua son monde dans la petite salle où, comme si de rien n'eût été, se retrouvait la longue table.

16

« N'est-ce pas tout néant sur quoi nous autres hommes... » Tout se muait en pleurs. L'affre voilait les miroirs. Les mots avaient le sens à l'envers. L'Espérance crevait de soif auprès du puits comblé. Pas un mur ne tenait debout, étant bâti sur le sable désertique. Le monde n'existait que tourné en dérision. Son faux éclat. Le sec promis au rameau vert. Le sépulcre blanchi. Le bal du faux bonheur : *« Qu'est-ce que l'humaine existence Constamment tenue en balance Au gré du temps qui va? Si ce n'est un pas sur la route Pour remettre notre âme toute Aux mains de Jéhova? »*

Depuis le temps que traînait la guerre, mais plus sûrement depuis les premiers sonnets du débutant Gryphius, ceux de Lissa, tout était pour eux sans recours. Ils avaient beau enfler de convoitises leur syntaxe, friser la nature en bergeries pleines de grottes et de jardins d'Armide, semer à tout vent leurs mots sonores et leurs images colorées, détourner le sens plutôt que le suggérer : n'empêche qu'à la dernière strophe la Terre tournait toujours en vallée de misère. Célébrer la mort comme une délivrance était à la portée d'un poète, même médiocre. Altérés d'honneurs, avides de gloire, on les voyait à qui mieux mieux rendre en images splendides la vanité de l'action humaine. Les jeunes surtout en finissaient promptement avec la vie, s'entend : la plume à la main. Mais les vétérans eux-mêmes avaient une telle pratique des choses terrestres et de leur poudre aux yeux que l'on trouvait la vallée de misère et l'allégresse de la délivrance dans les poèmes industrieux que (moyennant un salaire modique) ils écrivaient à la mode du temps; Logau, qui penchait pour une raison froide, se gaussait de l'appétit de mort que ses confrères mettaient en rimes. Il avait dans son camp tels répétiteurs de la thèse : « Tout est vain » qui, à l'occasion, sous le taraud sombre des cartes, tâchaient de reluquer les gaies figures du jeu.

C'est pourquoi Logau, Weckherlin et les mondains comme Harsdörffer et Hoffmannswaldau ne voyaient qu'une superstition dans la croyance présente qu'on allait comme que comme à la fin du monde, laquelle apporterait la démonstration d'une bonne part de la poésie que rimaient nos Cassandres. Mais les autres — avec eux les satiriques et même le sage Dach — sans voir le Jugement dernier tous les jours, le sentaient à portée de la main quand l'actualité — et c'était chose fréquente — se chargeait de nuages politiques ou que soudain les difficultés de chaque jour s'épaississaient en grumeaux : par exemple quand les aveux de Gelnhausen avaient su réduire le festin des poètes à une damnable repue franche et tourner leur joie en lamentation.

Seul Gryphius, le maître du noir-obscur, rayonnait de belle humeur. Lui, cette ambiance, il connaissait. Il se tenait calme et ferme dans le chaos. Son idée de l'ordre humain se fondait sur les prestiges et la vanité.

Donc il rit : A quoi rimaient ces jérémiades? Est-ce qu'on avait déjà vu jamais une fête qui ne se noyât d'elle-même en épouvante?

Mais les poètes rassemblés ne purent laisser tout d'abord de scruter le gosier d'Enfer. C'était l'heure du pieux Gerhardt. Rist ne le lui cédait pas en zèle. Satan parlait en dithyrambes par la bouche de Zesen. L'affliction retroussait en lippe lamentable la bouche boudeuse du jeune Birken. Scheffler et Czepko, plus recueillis, cherchaient le salut dans la prière. Tous les éditeurs, à leur tête Mülben qui ne cessait de former des projets, voyaient approcher la faillite de leur industrie. Et Albert rappelait des vers de Dach son ami :

« *Tel est notre sort sur la Terre :*
Tout ce qui vit court à sa fin.
Sachez que la mort, de son groin,
Boit avec nous dans notre verre
Et mâche avec nous notre pain. »

Longtemps la consternation fit le tour de la table; on en reprenait; puis les poètes s'accusèrent et entr'accusèrent. C'était surtout la faute de Harsdörffer si leur compagnie avait été livrée aux mains d'un coupe-jarret. Buchner écumait. Il avait suffi que le quidam sût agilement se payer d'esprit à bon marché pour que les Pastoureaux de la Pegnitz y vissent matière à recommandation. Zesen reprochait à Dach d'avoir, lors des lectures confidentielles, donné la parole à ce rustre sans aveu. Opposition de Moscherosch : Toujours était-il que ce salopard les avait logés. Ricanements de Hoffmannswaldau : cette première supercherie si énorme n'avait prêté qu'à rire à la plupart des conclavistes. Gryphius triomphait encore discrètement : Que voulez-vous? Tout le monde se vautrait dans le péché. Sur chacun pèse la faute. Tels qu'ils se trouvaient rassemblés dans l'affliction, quel que fût leur état, la mort seule les aplatirait tous devant Dieu.

Cette condamnation générale qui avait en sous-main un air d'acquittement ne fut pas au goût de Dach : Il ne s'agissait pas ici de l'habituelle abjection. On ne cherchait pas le malfaiteur singulier. Il s'agissait, en l'espèce, de s'interroger sur la responsabilité. Il fallait qu'il la cherchât d'abord en lui-même. La faute retombait sur lui avant tous autres. En tout cas, à Kœnigsberg, il ne pourrait pas, comme une simple anecdote, laver par de pauvres paroles leur faute qui était la sienne. Mais il ne savait non plus que faire. Schütz — malheureusement il était parti — avait raison : Il fallait pousser à fond cette affaire. Il n'était pas louable de l'esquiver.

Quand Harsdörffer revendiqua de porter seul le chapeau en dehors de toute autre présence — mais personne n'en voulut —, Buchner dit : Il n'avait voulu que libérer des reproches nés d'un premier dépit. Si Harsdörffer partait, lui aussi.

Ne pourrait-on, suggéra le négociant Schlegel, faire une sorte de jury d'honneur, comme il était d'usage dans les villes hanséatiques, siéger sur-le-champ et débattre du crime de Gelnhausen en présence de celui-ci? Étant d'un état autre que de poète, il prenait sur lui d'arbitrer.

Oui! Un jury! s'écria-t-on. On ne pouvait admettre que ce grivois fût présent lors de suivantes lectures et fît d'insolentes interruptions, lança Zesen. Rist protesta que l'appel à la paix des poètes ne pourrait être enfin lancé, le lendemain matin, ni une semblable résolution prise en présence d'un traîne-pays; puis Buchner dit : D'ailleurs ce scélérat, quoi qu'il eût filouté de-ci de-là, était absolument inculte.

On aurait dit que tous penchaient pour le jury d'honneur. Quand Logau demanda si le jugement déjà établi serait rendu séance tenante ou seulement plus tard, et qui était prêt à se rendre auprès du Stoffel parmi ses reîtres et ses mousquetaires pour le citer à comparoir, personne ne se proposa. Comme Lauremberg criait : Ce pourrait être l'affaire de Greflinger puisqu'il se chausse à la tonne comme un soldat! on s'aperçut que Greflinger manquait.

Aussitôt Schneuber, soupçonneux : Il était sûrement de mèche avec Gelnhausen. Mais comme Zesen voulait en savoir davantage – sûrement il se tramait d'autres attentats contre la Poésie allemande –, Dach dit : Il n'avait jamais prêté l'oreille aux rumeurs malignes. Lui irait. C'était à lui seul qu'il incombait de citer Gelnhausen.

Mais Albert et Gerhardt ne voulurent rien entendre. Il était, en principe, dangereux de relancer à cette heure les impériaux saouls, dit Weckherlin. On écarta pareillement le conseil de Moscherosch : appeler l'hôtesse; après l'habituel va-et-vient, il fut rejeté comme indigne. Rist ayant lancé : On devait juger le grivois par contumace! Hoffmannswaldau : Et moi avec, s'il vous plaît. Ce genre de débat n'était pas de son goût. Tous se retrouvaient dans l'embarras. Silence autour de la longue table. Seul Gryphius la trouvait bien bonne en cette recrue de misères : Contre la vie, il n'y avait que la mort qui tînt.

Finalement Dach conclut la controverse de procédure. Le lendemain matin, avant même le début des dernières lectures, il inviterait le greffier régimentaire à s'expliquer. Puis il les pria, Dieu aidant, d'observer le repos nocturne.

17

Greflinger — disons-le tout de suite — était allé à la pêche. Partant du vannage du moulin à foulon, il avait tendu un filet et posé des lignes dans l'Ems extérieure; mais les deux autres garçons trouvèrent un sommeil en profondeur, à peine traversé de rêves, que rien ne pouvait troubler. Les exhaustions répétées de la nuit précédente où avec Greflinger, sous l'aiguillon de la pleine lune, ils avaient partagé la couche des servantes, les avaient assez alourdis pour les faire tomber du découragement dans la paille du grenier. Avant Birken, Scheffler se mit à souffler régulièrement, tandis que les trois servantes, une fois amorti le dernier feu, ne trouvèrent pas le repos mais échurent avec les putains municipales aux reîtres et mousquetaires qui n'étaient pas de garde. On entendait cette activité nocturne de l'écurie par-dessus la cour, par les fenêtres de façade de l'auberge. Pour lutter à égalité contre ces glapissements, éditeurs et auteurs se tenaient éveillés en parlant de littérature.

Paul Gerhardt trouva le sommeil en priant longtemps en vain, puis avec succès contre les éclats à longue portée de la concupiscence. Rompus comme lui à pareil vacarme, Dach et Albert menèrent à bien leur lassitude : dans leur chambre où rien n'était resté de Schütz, ils se lisaient l'un l'autre à haute voix des extraits de la Bible : du Livre de Job naturellement.

Mais l'agitation persistait. Chercher quelque chose et rien. Peut-être était-ce encore la pleine lune toujours agissante qui mettait la maison en mouvement et nous ôtait le repos. A peine un peu moins grasse, elle était immobile au-dessus de l'île d'Ems. J'aurais voulu lui aboyer après, hurler avec les chiens de l'hôtel du Pont. Mais en compagnie des messieurs je colportais la controverse, ses thèses et ses contre-thèses, par les couloirs et les escaliers. Encore une fois — comme ils s'y exerçaient depuis des années — ç'avait commencé entre Rist et Zesen : les chamailleries de deux épurateurs du langage. L'enjeu, c'était l'orthographe, le timbre, la germanisation, les néologismes. On se vit bientôt empêtré de théologie. Car tous étaient pieux. Toutes les surenchères de l'exégèse protestante avaient leur avocat. Tout le monde se croyait plus près de Dieu. Aucun ne permettait au doute de battre les tapis de sa foi. Seul Logau, qui (sans qu'il l'avouât) recélait un esprit fort, cinglait de ses cavillations infectes luthériens et calvinistes : Quand on avait écouté cinq minutes la scolastique vieille-allemande et néo-évangélique, on avait envie de se faire papiste sur l'heure, s'écria-t-il. Paul Gerhardt dormait; ça valait mieux. Ce qui valut mieux encore, ce fut quand le vieux Weckherlin rappela ces messieurs à leur projet ajourné d'une proclamation de paix lancée par les poètes allemands.

Dans le texte définitif, s'écrièrent les éditeurs, il faudrait déplorer la situation embarrassée des imprimeries; et celle des auteurs, exigea Schneuber. Il fallait enfin admettre qu'on écrivît pour le simple bourgeois, et non seulement pour les couches supérieures, des poèmes de noces, de baptême et d'enterrement. Moscherosch dit : Cette justice égale rendue à tout chrétien importait à la paix. Il voulait même qu'un tarif d'honoraires échelonné selon le rang et la fortune concernant les poèmes de commande fût inséré dans le manifeste : Histoire que ce ne fussent pas seulement la noblesse et les messieurs du patriciat qui se régalassent d'une épitaphe versifiée, mais aussi l'homme du commun.

Donc Moscherosch, Rist et Harsdörffer prirent place à une table dans la chambre de Gryphius et de Hoffmannswaldau tandis que les autres, sans ajouter de conseils, gagnèrent leurs lits. Le calme revint à pas lents dans la maison pleine de clients troublés. A côté des quatre rédacteurs dormait, impétueux, comme s'il luttait avec l'ange, l'homme de Glogau; à vrai dire, on aurait dû compter Gryphius parmi les auteurs du manifeste : son puissant pancrace verbal, jusque dans son sommeil, jetait une ombre sur le manuscrit.

Quand Messieurs les rédacteurs se tinrent pour contents non du texte frais émoulu, mais de leur orgie d'efforts, et que chacun (agitant de tête des phrases plusieurs fois rejetées) tomba dans son lit, seul Harsdörffer resta privé de sommeil en face d'Endter qui respirait profondément; et la lune qui brillait à la fenêtre de la chambre n'était pas son unique bourreau. Il n'arrêtait pas de prendre et de rejeter une décision. Il voulait compter des moutons et comptait les boutons du pourpoint de Gelnhausen. Il voulait quitter son lit et restait couché. Il avait hâte de sortir, de franchir les couloirs, les escaliers, la cour, et n'avait pas la force de repousser son lit de plume. Il était attiré, retenu. Il voulait aller à Gelnhausen, mais sans savoir ce qu'il en voulait. Tantôt ce grivois le rendait furieux, tantôt c'était un sentiment de fraternité pour le Stoffel qui voulait le tirer du lit, lui faire traverser la cour. Enfin Harsdörffer espéra que Gelnhausen viendrait à lui pour que tous deux pleurent ensemble : leur sort misérable, la roue de fortune, l'illusion pailletée, la désolation de ce monde...

Mais Gelnhausen versait des larmes auprès de l'hôtesse Libuschka. Elle, la vieille, pour lui toujours jeune, son tonneau, sa seille où se vider, elle, sa nourrice, son lit d'adultère, la sangsue le tenait et se gavait d'entendre : Encore un coup, il avait mis à côté. Il ratait tout. N'arrêtait pas de s'empiéger. Tout ce qu'il avait voulu faire à Coesfeld où il connaissait à fond de cottes les religieuses du couvent de Marienbrink, c'était une petite affaire commerciale, et non du fourrage à la façon qui avait cours dans le pays. C'était sûrement un des onze diables qui lui avait envoyé le parti suédois devant ses mousquets. Il ne voulait plus se mêler jamais de choses guerrières. Il prendrait pour toujours congé de Mars, se contenterait paisiblement d'empocher un gain modique. Disons comme aubergiste. Elle-même, l'instable Courage, s'était bien fixée comme hôtesse sous le nom de Libuschka. Il savait déjà où il valait la peine d'acheter un fonds. Pas loin d'Offenburg. L'hôtel de régie, c'était à l'Étoile d'Argent de Gaisbach. Si Courage savait s'y prendre, lui-même s'en tirerait. Fallait seulement y croire. C'est justement ce que tout à l'heure le grand Schütz, au lieu de lui marquer la rigueur escomptée, lui avait paternellement conseillé : s'établir. L'homme illustre, comme le Stoffel à genoux devant lui voulait implorer son pardon, lui avait parlé en termes bienveillants de sa propre jeunesse à Weissenfels, sur la rivière de Saale : Comment là-bas son père, avec compétence, avait tenu la vaste hôtellerie de l'Archer. Et que sous le balcon de l'auberge, taillé dans la pierre, on voyait un âne qui sonnait de la cornemuse. C'était un âne pareil qui se cachait en lui, le Stoffel, avait dit Schütz en riant, et il l'avait appelé « Simplet ». Ensuite il avait demandé au respectable monsieur s'il croyait l'âne cornemuseux et le Stoffel capables de tenir une vaste hôtellerie. Davantage! Telle avait été la réponse de ce monsieur bienveillant.

Mais l'hôtesse Libuschka, de Bragoditz * en Bohême, que (tant par affection que par mépris) le Stoffel inlassablement appelait Courage, ne se fiait pas à ses capacités de ménager; elle le raillait plutôt. Quand le *Maestro Sagittario* disait tout à l'heure « Davantage! », il songeait sûrement au poids croissant des intérêts, à l'entassement des dettes, à la prison des mauvais payeurs; elle rendit une sentence finale : Pour être aubergiste et faire du bénéfice, il lui manquait, outre le capiton sédentaire, la haute habileté de distinguer entre la grivèlerie et l'honnête clientèle; Gelnhausen, qui jusqu'alors était resté muet, devint fou furieux.

Vieille carcasse! Charogne! Gaupe! Gargouille à purin! dit-il. Injurieusement il la traita de jeteuse de sorts et de rôtisseuse de balai, n'ayant jamais fait son prix qu'à la façon d'une pute. Depuis qu'elle était tombée aux mains des reîtres de Mansfeld dans la forêt de Bohême, la Courage tenait lit ouvert à tout le monde. Des régiments entiers y avaient défilé. On n'avait qu'à gratter son vernis welsche, le masque de putain ressortait. Cette espèce de carde bréhaigne qui n'avait pu réussir un enfant avait tenté de lui faire endosser un marmot. Mais une chose était sûre : Il

* *NdT* : Aujourd'hui Prahatice.

l'en paierait mot pour mot. Sitôt qu'il serait délié du service guerrier et que son auberge à venir aurait un peu rendu, il se taillerait des plumes d'oie premier choix. Je veux! Il enrichirait son écrit de fine soie et de grosse trame pour y faire connaître les rencontres de sa vie. A côté du rire et de la terreur, la vénale beauté de la Courage. Il connaissait en effet son histoire fertile depuis les cancans de Sauerbrunnen : comment elle opérait ses larcins et garait l'argent filouté. Et ce que la Courage lui avait tu jadis, son acolyte Springinsfeld le lui avait chuchoté, à lui, le Stoffel, qui n'oubliait rien, jusqu'au plus infime secret : ses trafics devant Mantoue, quel genre de charmes elle vendait en flacons, l'effectif des soldats de Brunswick dont elle avait escaladé la braguette...

... Tout, tout! Il transcrirait sur papier quelque trente ans de putasserie et de brigandage, histoire que ça reste — et cela selon toutes les règles de l'art.

L'hôtesse Libuschka la trouvait bien bonne. Rien que d'y penser, elle se tordait. Son rire chassa du lit le Gelnhausen, puis elle dit : Comment, lui, le Stoffel, simple greffier régimentaire, il voulait égaler dans leur art les savants messieurs réunis dans sa maison ici même? Lui, dont le caquet regorgeait de sottises, se faisait fort de régler son pas sur la verve énorme de monsieur Gryphius, sur l'éloquente philosophie de Johann Rist? Allons, il voulait rivaliser avec l'esprit audacieux et richement orné de messieurs Harsdörffer et Moscherosch? Lui, à qui aucun magister n'avait enseigné la composition des phrases et le compte des pieds, osait se mesurer à l'art des syllabes et avec l'esprit pénétrant de Logau? Lui qui ne savait seulement pas à quelle messe croire, il lui prenait de surpasser les pieux cantiques de monsieur Gerhardt? Ayant fait carrière comme goujat du train, comme valet d'écurie, ensuite comme simple soldat et, depuis peu, comme plumitif, n'ayant rien appris qu'à fourrager dans le sang, à détrousser les cadavres et à couper les bourses, tout juste, pour finir, à rédiger passablement des protocoles, il pensait dorénavant émouvoir par des sonnets et des cantiques spirituels, reluire par des satires sereinement philosophiques, voire instruire autrui par des traités vertigineux? Lui, le Stoffel, le Simplet, devenir poète?

L'hôtesse ne rit pas longtemps. La contradiction la cueillit à mi-phrase. Elle raillait encore, elle souhaitait voir, imprimé et paginé, ce qu'un Stoffel pouvait mettre d'elle, la Libuschka de noble race bohémienne, en chiures de mouches sur le papier, quand Gelnhausen frappa. Du poing. Touchant à l'œil gauche. Elle tomba, se releva, tituba jusque dans sa chambre et dépôt de marchandises, trébuchant sur des selles, des bottes à revers, tâtonnante, elle trouva un pilon de bois dont on se servait pour piler les pois en farine. Borgne, car le coup de poing lui avait fermé un œil, elle chercha l'emmerdeur, le mignon, le rouquin, le grêlé — mais elle ne trouva que des objets de brocante et frappa dans le vide jusqu'à en pleurer.

Gelnhausen était déjà dehors. Il traversa la cour au clair de lune, le fourré de sureaux, gagnant l'Ems extérieure où, pleurant, il trouva Harsdörffer en larmes. Car à la fin, insomniaque à force de malheur, il avait quitté son lit. De côté, sur le vannage du moulin à foulon, on aurait pu voir Greflinger lever ses engins; mais Harsdörffer n'y voyait plus, et Gelnhausen auprès de lui était pareillement sans regard.

Les deux hommes restèrent jusqu'au matin assis en haut

de la berge. Ils ne se dirent pas grand-chose. Même leurs détresses ne pouvaient s'échanger. Pas de reproches, pas un mot de repentir. La rivière était belle dans leur vallée de misère. A leur mélancolie un rossignol faisait écho. Harsdörffer, homme d'expérience, conseilla peut-être au Stoffel la façon de se faire un nom comme écrivain. Le Stoffel voulut peut-être savoir dès ce moment s'il fallait imiter les conteurs espagnols. C'est peut-être cette nuit sur la rive de l'Ems qui inspira au futur écrivain le premier vers : *« Viens, rossignol, ô réconfort des nuits... »* qui devait commencer plus tard la chanson de l'Ermite du Spessart *. Peut-être Harsdörffer mit-il aussitôt en garde le jeune collègue contre les réimpressions sans aveu et l'avarice des éditeurs. Et peut-être qu'à la fin les deux amis s'endormirent côte à côte.

Des voix, des portes qu'on claque, annonçant le jour dans l'hôtel du Pont, les réveillèrent brusquement. A l'endroit où l'Ems se partage, passant un bras le long du mur de ville, fermant l'île d'Ems d'autre part contre le pays de Tecklenburg, l'eau berçait des grèbes huppés.

Vers le moulin à foulon, Greflinger, visiblement, avait rentré le filet et les lignes.

Face au soleil montant derrière les bouleaux de la rive opposée, Harsdörffer dit : Il se pouvait que l'assemblée rendît un jugement. Gelnhausen dit : Je le vois venir.

* *NdT :* Dans le *Simplicissimus.*

18

Les trois serveuses avaient certes beaucoup servi, l'hôtesse avait la face douloureusement enflée et le regard borgne; n'empêche que la soupe du matin avait du corps. Personne ne songeait à rechigner parce que ce brouet savoureux avait bouilli l'abattis d'oie, les rognons de goret, la tête de mouton ultérieurement présentée sous sa couronne, restes du barbecue de la veille. Les messieurs sortis à pas hésitants de leurs chambres se sentaient affaiblis; leur besoin d'un réconfort bouillant l'emportait sur leur gueule de bois spirituelle qui n'était pas mince mais ne prit la parole devant que tous, de A comme Albert jusqu'à Zesen, n'eussent posé leurs cuillers.

D'abord – et tandis que Birken et autres se penchaient sur le rabiau – de nouveaux ennuis vinrent sur le tapis : Weckherlin avait été volé. Une bourse de cuir pleine de schillings d'argent avait disparu de sa chambre. Le vieillard ne voulait pas retenir le soupçon instantané de Lauremberg, selon qui c'était sûrement Greflinger : cet individu errant avait fait main basse sur la bourse et entrollé le michon; Schneuber vint à la rescousse : Il avait vu le suspect gobelottant avec les mousquetaires. Autre circonstance à sa charge : le fait indéniable que Greflinger n'avait toujours pas reparu; couché dans le fourré des rives à côté des poissons morts ou encore palpitants, il se remettait des fatigues de la pêche nocturne.

Dach, visiblement affecté par ces déplaisirs renaissants, promit de faire promptement la lumière et se porta lui-même garant de Greflinger; puis la misère de la veille revint à la surface. Où en venir de cette horrible affaire? Y avait-il encore un sens, comme si de rien n'était, à continuer les lectures de manuscrits? Est-ce qu'après un pareil festin du bourreau tout vers n'était pas fade? Est-ce que les poètes assemblés avaient encore le privilège, en dépit des affreuses révélations — il y aurait parmi eux un fripon! —, de se prendre pour une compagnie honorable, voire de confectionner en toute gravité morale une proclamation de paix?

Birken demanda : En dévorant les mangeailles brigandées, la veille, s'était-on chargé d'une part de faute? Tant de bestialité ne rentrait dans aucune satire, gémissait Lauremberg. Comme sous l'action prolongée du vin de messe, des trains de mots sortaient par à-coups de la corporéité vaste de Gryphius. Et Weckherlin affirmait gravement : Même le vorace Londres, vrai Moloch, en vomirait après une pareille bamboche. Puis Zesen, Rist et Gerhard s'épanchèrent en une rivière imagée de faute, de pénitence et de repentir.

(Ce qui resta tu, ce fut le venin personnel sous le dégoût du siècle : par exemple Gerhardt que taraudait le souci d'être enfin pourvu d'une cure pastorale; et l'instante angoisse de Moscherosch : que même ses amis ne pussent croire à son origine morisque et, sur le motif de son seul nom, n'en vinssent à le traiter de juif, à le lapider en paroles; ou bien, chez Weckherlin, le deuil sous-jacent à tout plaisant devis qu'il portait du récent décès de sa femme. Et puis le vieillard appréhendait de se retrouver seul chez lui dans Gardiner's Lane où, resté un étranger, il habitait depuis des années. Il prendrait bientôt sa retraite. Et Milton, autre poète, étant partisan de Cromwell, lui succédait. Et d'autres inquiétudes...)

Et pourtant — malgré tant de tribulations — Simon Dach paraissait avoir repris des forces dans la nuit. Il se leva, érigeant sa moyenne taille, et dit : Chacun aurait le temps, sa vie durant, de méditer ses péchés enrichis en ces lieux. Maintenant que tous avaient apprécié la soupe matinale, il n'y avait plus place pour d'autres *lamenti.* Comme il ne voyait pas que Gelnhausen fût à table, et que sa contrition lui permettrait à peine — il fallait s'y attendre — d'assister aux lectures, il n'y avait pas motif de le condamner, d'autant qu'un tel tribunal ne lui semblait procéder que de soi-même et sentait son pharisien. Puisque l'ami Rist, non seulement comme poète, davantage encore en sa qualité de pasteur, se rangeait sûrement à son avis, et que même le silence observé par Gerhardt faisait paraître que même un chrétien aussi pieux que scrupuleux marquait son indulgence, il voulait maintenant — pour peu que Lauremberg renonçât enfin à bavarder avec les chambrières — faire connaître le programme du jour et recommander la rencontre poursuivie à l'inépuisable bonté divine.

Dach prit à part son fidèle Albert, le pria de chercher Greflinger qui devait bouder dans son coin; puis il dit à qui revenait le dernier tour de lecture : Czepko, Hoffmannswaldau, Weckherlin, Schneuber. Un interpellateur l'invita, pour le plaisir de tous, à présenter enfin sa *Plainte de la Tonnelle de Courges perdue;* Dach invoqua le manque de temps pour se soustraire au désir des poètes. Mais Schneuber (que Moscherosch avait poussé du coude) ayant renoncé à son tour de parole, la lecture de ce poème fut inscrite en baisser de rideau; car Dach voulait que la délibération sur l'appel à la paix conçu comme manifeste politique, demandée par Rist et autres — il y avait en présence deux nouvelles rédactions —, fût traitée en dehors du gala poétique. Il dit : « Pour ce, nous ne voulons voir bruits de guerre et de paix entrer par force en notre bosquet des Muses dont le soin doit être notre continuel souci, Nonobstant nos clôtures, une gelée pourrait mordre à notre tonnelle de courges et la dessécher, comme il en fut, selon l'Écriture, avant nous de Jonas. »

Cette sollicitude fut partagée. Entre la dernière lecture et le repas de midi (qu'on demandait frugal) l'appel à la paix devait être discuté et mis en sa forme définitive. Après le repas — l'hôtesse promit de servir des mets honnêtes, donc modestes — les poètes assemblés pensaient partir chacun dans sa direction.

L'ordre enfin se mettait dans le chaos. Parce que Simon Dach savait interpréter son nom de façon si tutélaire *, tous retrouvèrent leur bonne humeur et leur esprit de groupuscules. Il revenait un peu d'entrain — le jeune Birken parlait de couronner à la fin le bon Dach — quand une exclamation de Lauremberg demandant à quel montant de lit l'hôtesse s'était cogné l'œil relança la misère de la veille.

Sans trop longtemps se retenir, la Libuschka parla : Ce n'était pas un montant de lit, mais Gelnhausen en son viril courage qui lui avait fait ça. Ces messieurs n'avaient sans

* *NdT* : voir note p. 29.

doute toujours pas compris quel mauvais tour leur avait joué ce godenot. Tout ce qu'il dégoisait n'était que mensonge et forgerie, même les aveux qu'il avait faits au *Sagittario*. Ce n'était pas au Suédois que les cavaliers et mousquetaires du Gelnhausen avaient raflé le fourrage; mais de sa propre main, en tuant comme il y était passé maître; le traîne-pays ah! si spirituel dans ses propos avait fait honneur à sa renommée. De Soest jusqu'à Vechta on redoutait le pourpoint vert. Il n'aurait pas eu pitié d'une pucelle. Sa méthode rendait la parole aux muets eux-mêmes. L'argenterie d'antifle, au reste, les nappes d'autel et le pivois de messe avaient été fourbis au monastère de putains de Coesfeld. A la barbe des garnisons hessoises, une fouine comme Gelnhausen passait partout. Son parti était entre les deux camps. Il ne jurait que par son propre guidon. Et si monsieur Harsdörffer tenait encore à croire que le nonce du Pape avait en personne donné en commission au Stoffel le petit livre du *Jeu des Dames* pour que l'auteur y mît une dédicace, il fallait bien qu'elle lui rabattît cette pointe de vanité : Gelnhausen avait soudoyé quelque valet de la nonciature pour qu'il volât cet exemplaire dans la bibliothèque du cardinal. Il n'était même pas coupé. Ainsi raffinait le Gelnhausen quand il tissait un réseau de mensonges. Il y avait des années que l'imbattable narquois dupait à merveille les seigneurs les plus titrés. Elle le savait pour sa douleur : pas un diable ne savait y faire comme lui!

A grand effort, Dach parvint à relâcher de peu l'accablement général et celui qui l'atteignait en propre. Harsdörffer pendait comme une chiffe. Une colère noircissait l'habituelle équanimité de Czepko. Si Logau n'avait pas fait une remarque émolliente — « Qui se ressemble s'assemble, l'eau va au moulin, le diable au charbon » –, on aurait pu craindre encore une fois une controverse prolongée. Dach, reconnaissant, frappa dans ses mains : Restons-en là ! Il contrôlerait les accusations. A un mensonge s'en raccorde aisément un autre. Il souhaitait que chacun se bouchât les oreilles au nouvel esclandre. Dès ce moment, on ne prêterait plus attention qu'à la cause que l'on poursuivait, sinon tout le monde y perdrait son latin.

C'est pourquoi le premier mouvement de Dach, quand l'ami Albert amena soudain Greflinger dans la petite salle, fut de mauvaise humeur. Il commençait à bombarder de reproches le gaillard aux cheveux longs – A quoi pensait-il? Où s'était-il caché? N'avait-il pas dérobé la bourse de Weckherlin? – quand il vit comme tout le monde ce que Greflinger avait apporté dans deux seaux : des barbeaux, des gardons et d'autres poissons. Avec le filet et les lignes jetés sur les épaules – il les avait empruntés la veille à la veuve du pêcheur de ville de Telgte – le jeune homme semblait poser un tableau parmi eux : il avait pêché toute la nuit. Même le Danube n'avait pas de meilleurs barbeaux. Grillé à point, le gardon plein d'arêtes était même bon. On servirait tout ça pour midi. Et si quelqu'un venait encore le traiter de voleur, il lui dirait deux mots en bon allemand.

Alors personne ne voulut défier les poings de Greflinger. On applaudit au poisson honnête. Tous, suivant Dach, passèrent dans la grande salle où leur symbole, le chardon, se dressait près du tabouret libre.

19

Aucun n'hésita. Tous, Gerhardt avec eux, s'engagèrent à obtenir, par force s'il le fallait, la poursuite de leur cause littéraire. La guerre leur avait appris à vivre dans les traverses. Non seulement Dach, mais personne ne voulait se laisser détourner de son projet : Zesen et Rist? Non, bien qu'ils se traitassent de Turc à More comme épurateurs du langage; ni les bourgeois, ni les nobles, d'autant que la présidence de Dach avait assoupli l'ordre des états sans qu'il y parût, personne ne voulait d'un échec du colloque : ni l'inconnu Scheffler, ni le nomade Greflinger survolé d'un soupçon tenace, ni même Schneuber qui cherchait à ourdir des intrigues pour le compte du magister Rompler frustré d'invitation; surtout pas les vétérans, Buchner et Weckherlin, à qui leur vie durant avait seule importé la poésie; même Gryphius restait en cause; pourtant il l'avait belle de réprouver comme vaine apparence toute œuvre en état de parturition. Personne ne voulait renoncer pour le simple motif que le réel avait relevé la tête et lancé des immondices à celle de l'art.

Donc tous demeurèrent paisibles sur leurs chaises, tabourets et tonneaux assemblés en demi-cercle, quand Gelnhausen — à peine Czepko avait-il pris place entre le chardon et

Dach pour faire sa lecture — venant du jardin entra par une fenêtre ouverte dans la grande salle. Avec sa barbe rougeâtre, il resta ramassé sur la banquette de fenêtre, n'ayant derrière lui que l'été. Comme aucun trouble n'agitait l'assemblée, avant qu'un élan de résolution ne braquât ces messieurs, Dach crut pouvoir donner le signal à Czepko; le Silésien pensait lire des poèmes. Il prenait déjà son souffle.

Quand — avant même le premier vers — Gelnhausen parla, sa voix était d'un timbre modeste, quoique faufilée de nargue : Il se réjouissait que ces messieurs d'une renommée vaste et haute, semblant unis aujourd'hui comme pour toujours sous le baldaquin d'Apollon, l'eussent accueilli, lui, le petit paysan échappé du Spessart, malgré la supercherie de la veille, sévèrement blâmée par monsieur Schütz, mais chrétiennement pardonnée, derechef accueilli dans leur sein pour qu'il pût, lui, le simple Stoffel, accroître son bagage au point qu'il lui fût aussi donné, quand ses lectures formaient un amas confus, d'y mettre de l'ordre. Ainsi enseigné, il voulait, comme qui dirait par la fenêtre, entrer dans les belles-lettres et — si les Muses y consentaient — devenir poète.

Alors seulement le dépit retenu se fit jour. Qu'il fût resté tranquille, soit. S'il leur eût permis par sa muette présence de marquer leur magnanimité, encore mieux. Mais la présomption de vouloir être leur égal? C'en était trop pour ces nobles voyageurs des compagnies fructifère, sincère, pegnitzienne et patriotique. On se donnait de l'air en criant : « Assassin! Menteur! » Rist lança : « Espion papiste! » Quelqu'un (Gerhardt?) alla jusqu'à : « Va-t'en, Satan! »

Ils s'étaient levés, agitaient les poings et, Lauremberg en tête, en seraient venus aux mains si Dach, comprenant la situation, n'avait noté le signe que lui fit Harsdörffer. Sur le ton de causerie qui était le sien même dans les circonstances graves et semblait toujours dire : Bon, bon, mes enfants. Ne vous prenez pas outre mesure au sérieux, il rétablit le calme et pria « le Joueur » de s'expliquer.

Harsdörffer, d'un ton modéré, comme s'adressant à un ami, questionna Gelnhausen : Avouait-il les méfaits dont l'hôtesse Libuschka l'avait surchargé? Il énuméra toutes les accusations, en finissant par la supercherie, particulièrement vexante pour lui, de l'exemplaire des *Entretiens des Dames* subtilement pris à la bibliothèque du nonce pontifical.

L'amour-propre l'emporta désormais quand Gelnhausen dit : Il ne voulait plus se défendre. Oui, oui et oui. Avec ses reîtres et ses mousquetaires, il avait agi selon l'esprit du temps, ni plus ni moins que les messieurs ici réunis, selon l'esprit du temps, quand il leur fallait par leurs panégyriques louer des princes à qui l'incendie était aussi commun que l'Ave quotidien, dont le brigandage plus grand que le sien, simple rapt d'aliments, était honoré de bénédictions sacerdotales, qui changeaient de parole comme de chemise et dont le repentir n'excédait pas le temps d'une patenôtre. Quant à lui, l'accusé Stoffel, il y avait belle heure qu'il se repentait, et se repentirait longtemps encore d'avoir fait le cantonnement à pareille compagnie de rêveurs à nacelles, de l'avoir, avec ses reîtres et mousquetaires, soustraite aux attentats des traîne-pays ameutés, qui plus est, se flétrissant lui-même, sustentée par trois sortes de rôti, un vin capiteux, du pain blanc et des épiceries. Tout cela, comme on le voyait, sans en tirer profit pour lui-même, mais par reconnaissance de quelques leçons données. Ma foi oui, il était vrai qu'il avait voulu réjouir les doctissimes poètes par ce conte bleu des salutations amassées des ambassadeurs princiers, royaux et impériaux réunis au chapitre de Münster. Pareillement il avait tenté de faire plaisir à Harsdörffer qui jusqu'alors lui avait montré tant d'amitié et qu'il aimait comme un frère* par une petite imagination; il y était parvenu, d'ailleurs, car le Nurembergeois s'était réjoui sans façons du désir qu'aurait exprimé le nonce de recevoir une dédicace. Qu'importait désormais la certitude que le Chigi aurait véridiquement souhaité sa dédicace, l'aurait pu ou dû souhaiter, ou bien si tout cela n'était qu'une belle image née de la tête du Stoffel qu'on incriminait ici. S'il était vrai que ces messieurs, faute de pouvoir, manquaient de considération dans l'Empire — et c'était là le vrai! —, il fallait bien qu'on leur mît plausiblement en scène leur prestige défaillant. Depuis quand messieurs les Poètes étaient-ils si sèchement entichés de vérité plate? Qu'était-ce qui rendait sotte leur main gauche quand par la dextre ils étaient rompus à forger leurs raisonnables vérités en contes incroyables? Est-ce que le mentir poétique ne recevait le noble brevet de vérité que si l'éditeur le donnait à l'impression? Tournant autrement la question : Est-ce que le trafic de territoires et d'hommes qui se pratiquait à Münster depuis plus de trois ans était ou non plus effectif ou voire plus véridique que la foire ouverte en ces lieux, à Telgte, devant la porte d'Ems, où se troquaient abondance de mots, de timbres et d'images? Des mines grises, puis çà et là un rire étouffé, des hochements de tête, un air pensif, une attention froide ou, comme

* *NdT :* allemand *Herzbruder;* c'est le nom d'un ami qui, dans le roman de Simplicissimus, entraîne le héros dans la voie du repentir.

chez Hoffmannswaldau, un air de gourmet, bref ce fut avec intérêt que l'assemblée suivit le propos de Gelnhausen. Dach, à voir l'ahurissement alentour rassemblé, marquait un divertissement multiple. Son regard provocant balaya l'assemblée : Quelqu'un saurait-il donc réfuter cette impudence?

Buchner, après avoir lanterné Hérodote et Plaute cités en latin, conclut, citant le Stoffel pour finir : C'est comme ça! A l'instant, Logau demandait qu'on en restât là : Enfin on savait qui on était. Il fallait être un fol pour y regarder de si près.

Ce ne fut pas au goût de Greflinger : Non! Ce n'était pas un sot, c'était le bon peuple, absent de cette table ronde, qui avait dit le vrai. Le Stoffel était des siens. Lui aussi, petit paysan dévoyé, avait d'abord connu les aléas de la vie avant de pouvoir bouter le nez dans les livres. Si quelqu'un voulait mettre le Stoffel à la porte, il partirait aussi.

Pour en conclure, Harsdörffer dit : D'avoir été berné de la sorte, il savait enfin ce qu'il fallait écrire sur la vanité. Que le confrère Gelnhausen veuille bien rester et leur asséner à tous un lot accru de vérités déplaisantes.

Mais le Stoffel, debout devant la fenêtre, semblait prendre congé : Non non. Il lui fallait reprendre le harnois de Mars. Le chapitre de Münster l'avait chargé d'un message qu'il devait porter à l'Électeur de Cologne et au-delà. Rien que de coûteux secrets comme ceci : le chapitre, si la paix était faite, paierait une indemnité de neuf cent mille thalers afin que les Hessois se retirassent de Coesfeld, les Suédois de Vechta, et les orangistes de Bevergern. Cette guerre promettait de coûter encore longtemps. Quant à lui, il comptait s'en tirer par une promesse sans frais : le Stoffel reviendrait! Certes il y faudrait bien des années et encore une devant qu'il ait orné son savoir, se soit baigné aux sources de Harsdörffer et passablement instruit aux règles dans quelques bouquins, mais alors il existerait : imprimé tout vif dans beaucoup de papier. Mais personne n'attendrait de lui de mièvres bergeries, de banales oraisons funèbres, des poèmes figurément biscornus, d'aimables plaintes d'âme en peine ou de bien honnêtes rimes à l'intention de la communauté paroissiale. Mieux : il ouvrirait son grand sac, il mettrait au jour l'horreur captive, grossirait le parti de Kronos, recommencerait la longue guerre en un carnage de mots, pour ensuite donner l'essor à des rires horribles et lâcher la bride à la langue, histoire qu'elle coure telle qu'elle avait grandi : grossière et discrète, intacte et blessée, ici piquée aux Welsches, ailleurs incornifistibulée en mélancolie, mais toujours soutirée aux fûts de l'existence. Il voulait écrire! Par Jupiter, Mercure et Apollon!

Sur ce, Gelnhausen se retira de la fenêtre. Mais, étant déjà dans le jardin, il vint encore un coup, porteur d'une vérité dernière. Tira de la poche de sa culotte une bourse qu'il fit sauter par deux fois dans sa main, ce qui en fit connaître le contenu argentin. Il eut un rire bref et dit : Il devait encore se défaire d'un petit objet trouvé. Un des messieurs avait oublié sa bourse dans le lit de la Courage. Quelles que fussent les blandices goûtées auprès de l'hôtesse du Pont, nul ne devait payer ce bref passe-temps au-dessus du tarif. Puis il jeta la bourse par la fenêtre dans la grande salle juste au pied du chardon.

Alors seulement il fut du tout parti. Gelnhausen laissait les poètes seuls avec eux-mêmes. Déjà ils le regrettaient. Venant du dehors, plus que les braiements rauques des mulets. Devant le chardon, la bourse rebondie. Le vieux

Weckherlin, s'étant levé, fit dignement les quelques pas, ramassa la bourse et regagna tranquillement sa place. Personne ne rit. L'écho de Gelnhausen était encore puissant; personne n'y voulait contredire. Enfin Dach, à brûle-pourpoint : Puisque tout était maintenant mis au clair et avéré, on allait se remettre à lire d'arrache-pied, sinon la matinée se serait envolée sur les pas du Stoffel.

20

Moi aussi, j'eus de la peine à voir partir le Gelnhausen avec ses reîtres et mousquetaires impériaux : en pourpoint vert et chapeau à plume. Pas un bouton doré ne manquait à sa tenue. Quoi qu'il fût arrivé, lui s'en tirait les braies nettes.

Pour ce motif, il n'y eut de lui à l'hôtesse pas un mot de raccommodement. Immobile, elle regarda, de la porte de l'auberge, son petit parti seller, ensuite atteler un des chariots bâchés réquisitionnés à Œsede et quitter l'hôtel du Pont en emportant l'Apollon de bronze de la taille d'un petit garçon; Gelnhausen prit la tête.

Comme depuis lors j'en ai plus appris que la Libuschka, grise de haine, n'en pouvait savoir sur sa porte d'auberge, je dirai un mot pour le Stoffel. Son roman *Courasche* imprimé à Nuremberg et vendu sous un faux nom par l'éditeur Felssecker, approximativement un quart de siècle après qu'il eut sans un mot pris congé de l'hôtesse du Pont, sous un long titre – *Défi à Simplex : Ou Description détaillée de la Vie singulièrement étrange de l'architrompeuse et vagabonde Courasche...* – et le pseudonyme de Philarchus Grossus von Trommenheim, est un rachat tardif de vieux serments de vengeance. Comme l'auteur du *Simplicissimus* imprimé deux ans auparavant permet à sa « Courasche » de parler en personne et de régler ses comptes, son livre est devenu le monument de papier d'une femme nomade et coriace, sans enfants, mais inventive, fragile et belliqueuse, lubrique en jupons, énergique en chausses, prodigue de sa beauté, misérable et aimable, d'autant que l'instigateur de toutes autres simpliciades à venir, lequel s'appelait à l'occasion Hans Jacob Christoffel von Grimmelshausen, prêta aussi sa plume à sa « Courasche » pour qu'elle l'arrangeât, lui, le Simplex, de la belle manière; car ce qui mêlait ensemble, comme lait et vinaigre, Gelnhausen et la Libuschka était un amour trop fort : la haine.

Le détachement du greffier régimentaire impérial avait déjà franchi le pont de l'Ems extérieure, en route pour Warendorf (et, au-delà, vers Cologne) échappant à la vue de l'hôtesse, quand seulement sa main droite tenta quelque chose : un salut, un adieu. Et moi aussi j'aurais voulu faire au Stoffel un signe d'adieu; mais il m'importait davantage d'assister aux dernières lectures des poètes assemblés dans la grande salle d'auberge où s'érigeait le chardon symbolique. Puisque j'en étais depuis le début, je voulais aussi être témoin de la fin. Ne rien laisser perdre!

On avait surmonté toutes les interruptions. Daniel von Czepko, juriste silésien, conseiller des Ducs de Brieg, à qui, depuis son temps d'étudiant à Strasbourg, cette mystique fondant ensemble l'homme et Dieu qu'avait épanouie le savetier Bœhme inspirait une humeur égale masquant une flamme palpitante, cet homme réservé, presque inaperçu, dont j'aurais aimé l'amitié, lut plusieurs énigmes dont la forme (alexandrins courant par deux) plaisait aussi à Gryphius et à Logau. Le jeune Scheffler s'y était semblablement essayé, mais grossièrement, et sans parvenir à l'extrême clarté dans les contradictions. L'étudiant en médecine de Breslau, quand on en vint à la critique, sembla (non sans étonnement) comprendre *« l'alpha dans l'oméga et l'oméga dans l'alpha »* de Czepko; de même, la veille (avec Schütz), seul Czepko avait perçu le sens global des disparates énoncées par l'étudiant; une amitié commença d'agir entre eux, et resta même possible quand Scheffler, converti au catholicisme sous les espèces d'Angelus Silesius, fit imprimer son *Pèlerin chérubinique;* tandis que le maître ouvrage de Czepko, le recueil de ses *Épigrammes,* ne trouva pas d'éditeur — ou bien l'auteur les garda sous le coude.

En cadence de l'inefficace plus tard échue, peu des poètes assemblés furent frappés des distiques de Czepko. On n'avait pas assez d'oreille pour tant de silence. Seul un poème politiquement allusif que Czepko nomma fragment — *« Nous avions vu dans la patrie La justice et la liberté. Hélas, ces deux-là m'ont quitté Et la première est amoindrie »* — rencontra une adhésion plus large. Après Moscherosch et Rist, ce fut encore un coup le petit magister Buchner qui se dressa sur ses ergots pour ensuite, tirant de ce peu de lignes un monde chaotique et pourtant affamé d'harmonie, citer à ce propos saint Augustin, Érasme et, inlassablement, lui-même. Au bout du compte, la harangue du magister recueillit plus d'approbation que le poème de Czepko qu'il louangeait en marge. (L'auteur avait déjà libéré le tabouret proche du chardon que Buchner s'écoutait encore parler d'abondance.)

Celui qui vint sur le devant ensuite, long escogriffe efflanqué, ne savait où mettre ses jambes. A la stupéfaction générale, Hoffmannswaldau, qui ne s'était à ce jour mis en lumière par aucune publication et passait pour un simple amateur de littérature, s'était déclaré prêt à donner lecture. Même Gryphius qui connaissait ce gentilhomme fortuné depuis leurs années d'études communes de Danzig et de Leyde — il avait pressé d'écrire ce bel esprit plutôt passif — parut étonné et surpris quand Hoffmannswaldau insista pour être entendu.

Il triompha spirituellement de son embarras. Il excusa cette présomption de vouloir prendre place entre Dach et le chardon sur ce qu'il lui démangeait de soumettre ses essais à la critique. Puis il surprit l'assemblée en lisant des héroïdes : c'était un genre inspiré d'Ovide et qu'à ce jour on pratiquait seulement à l'étranger; il les fit précéder d'un récit : *les Amours et la Vie de Pierre Abélard et d'Héloïsse.*

Il s'agit là d'un jeune érudit ambitieux qui, à Paris, se voit en butte à maintes intrigues des professeurs et doit pour ce motif fuir en province à plusieurs reprises. De retour à Paris, il surpasse même le célèbre théologien Anselme, devient la coqueluche de la ville et finalement, sur la demande d'un certain Folbert, donne des leçons particulières à la nièce de celui-ci, mais ne s'en tient pas au latin, s'éprend de son élève qui le paie de retour. « *En un mot, leur zèle décrut pour s'accroître d'une autre façon...* » Tous deux poursuivirent cet enseignement jusqu'à « *savamment faire l'amour* », dont résulte ceci ou cela. En compagnie de son élève enceinte, le bon maître se rend en Bretagne auprès d'une sœur à lui, et Héloïsse accouche d'un fils. Bien que la jeune mère ne veuille pas être épousée et affirme avec insistance « *...qu'il lui seroit plus plaisant d'être nommée son amie plustost que son espouse...* », le maître en tient pour de simples noces qui ont lieu à Paris, l'enfant restant chez la sœur. Mais comme l'oncle Folbert en veut à sa nièce de ce mariage, l'époux cache son élève-épouse dans un monastère parisien; Folbert, rendu furieux par l'escapade de sa nièce, soudoie le valet d'Abélard afin *« ...que nuitamment il ouvre la chambre à coucher de son maistre où entreront des personnes pareillement achetées pour le surprendre dans son sommeil et l'émasculer... »*, ce qui a lieu sans recours.

C'est la perte du grand persuasif dont il est question dans les deux épîtres suivantes lesquelles, en tout raffinement opitzien, courent en alexandrins à rimes croisées et rendent galamment cette circonstance lugubre, inouïe : *« Je croyais défier la braise et la rosée; Nul obstacle qui pût ma carrière accourcir; Je croyais en l'amour; mais, la glace brisée, Un couteau s'est rendu maître de mon desir... »*

Comme il se préoccupait de la forme avant tout, Hoffmannswaldau, dès avant de commencer sa lecture, avait demandé la permission d'appeler Hélisse, pour cause de rime, la disciple d'Abélard; et Hélisse, dans son épître à Abélard, tente de compenser la perte instrumentale par un redoublement d'affection : *« S'il est vrai que ta bouche a ma chair asservie Et construit dans les fleurs un asile incertain, Jamais pourtant l'ardeur n'a ma raison ravie : Chacun de mes baisers poursuivait ton destin... »*

L'art du texte, lui, n'offrait guère de prise à la critique des poètes assemblés; Buchner dit : Cela dépasse largement Opitz, voire Fleming! Mais la morale de l'histoire restait comme aigre-douce dans la gorge de quelques messieurs. Le premier fut Rist avec son perpétuel : Où cela conduit-il? Quel profit en tirer? Puis Gerhardt exprima sa stupeur : dans cette « vaine orgie de mots » il n'avait reconnu que le péché enrubanné. Lauremberg chicanait les « rimes travaillées » : puis le jeune Birken rejeta les événements épouvantables; Greflinger lui lança : Il avait oublié peut-être de quel estoc il s'était servi l'autre soir pour besogner les chambrières dans la paille. Non, ce qui le choquait, ce n'était pas la chose elle-même avant ou après, mais le poli de la manière. Dommage que le Gelnhausen ait déjà déguerpi. Lui aurait rendu, tout cru tout cri, le succulent massacre et le renoncement contraint d'Hélisse.

Comme beaucoup d'autres (mais non Gryphius) demandaient la parole pour dauber sur le chose d'Abélard, Simon Dach dit : Il pensait en avoir assez entendu touchant cet instrument mal famé, bien qu'utile. Lui, c'était l'histoire qui l'avait frappé. Personne ne devait oublier l'émouvante conclusion qui réunissait enfin les amants dans une tombe où aussitôt leurs squelettes tentaient de s'enlacer. A l'entendre, les larmes lui étaient venues aux yeux.

Comme s'il avait par avance envisagé toute critique, Hoffmannswaldau avait pris en souriant l'effusion des propos alternés. Dès le début, Dach avait proposé, et c'était devenu de règle entre-temps, que le lecteur ne dît rien pour sa défense. De ce même motif, Weckherlin subit en silence tout ce que la lecture de son ode *Baisers* répandit de sagesse superflue.

Le vieil homme avait écrit ce poème, comme le reste de sa production, depuis trente ans bientôt, quand il était toujours jeune homme. Ensuite, puisque rien ne le retenait à Stuttgart, il était entré comme agent au service du Palatinat puis, pour s'y mieux conformer, à celui de l'État anglais. Rien de notable n'avait pris naissance depuis, hormis les centaines de lettres à visées politiques adressées à Opitz, à Niclassius, à Oxenstierna... Et pourtant les chansonnettes enjouées, parfois gauches, écrites avant l'*Art poétique* opitzien avaient gardé leur fraîcheur, d'autant que le vieil homme s'entendait à mener les vers légers et les rimes plates — « *Chère, de tes lèvres exquises, Fais-moi tout plein de grosses bises...* » — d'un accent souabe, par-dessus toutes les chausse-trappes.

Pour commencer, Weckherlin avait dit qu'il voulait sans plus, du moment que son office de secrétaire d'État en mission lui en laissait le loisir, faire réimprimer ses péchés rimés de jeunesse, inspirés en majorité de modèles français, et datant du lointain avant-guerre, en les retravaillant pour y mieux faire alterner temps forts et temps faibles. Il était, ma foi, quand il entendait les jeunes, un vrai fossile. C'était seulement après lui que le défunt Cygne du Bober et le méritant magister Augustus Buchner avaient répandu leurs utiles enseignements sur la langue poétique allemande. La critique lui fit fête. Parce qu'il existait toujours. Nous autres jeunes avions cru le vieux déjà mort. Nous avions été surpris de voir aussi en train le précurseur de notre art encore jeune ; il avait même partagé la couche de Libuschka comme s'il était toujours susceptible d'odes aux pieds légers.

Rist dont toutes chansonnettes galantes excédaient la patience, en sa qualité d'opitzien, pencha quand même pour Weckherlin. Buchner prit beaucoup d'élan et, avec Zesen et Gerhardt qui avaient été ses élèves à Wittenberg, renvoya tout le monde une fois encore à l'école du Parnasse. Logau, comme précédemment, se tut.

Puis ce fut le tour de Simon Dach ; il changea de siège ; il pria le vieux Weckherlin de lui garder son fauteuil devenu habituel. Le long poème de Dach, *Plainte de la Destruction et Ruine finales de la Hutte de Courges et du Jardinet des*

Muses, est conçu comme une consolation funèbre adressée à l'ami Albert pour la perte de son jardin recouvert de boue et de gravats dans l'île Lomse de la rivière Pregel. Y sont décrits, en alexandrins amples, la genèse de ce jardin, où toujours entre deux bières, le souffleur de l'organiste l'assiste bêche en main, puis les festivités musicales et littéraires des amis, et leurs idylliques plaisirs : l'harmonie heureusement trouvée. Bien loin de là s'accomplit la guerre avec son cortège de faim, de peste, d'incendies. Tel Jonas, dans la tonnelle de courges biblique, menaçant de la colère de Dieu la pécheresse Ninive, Dach avertit son Kœnigsberg aux trois villes. La plainte qu'inspire la destruction de Magdebourg (où Dach avait étudié dans sa jeunesse) se prolonge en un large thrène de l'Allemagne se morcelant elle-même. L'exécration de la guerre — *« L'âpre glaive de Mars, une fois agité, A grand'peine retourne au cuir qu'il a quitté »* — précède le vœu d'un ordre pacifique valable : *« Si du malheur d'autrui nous savions nous instruire, Dieu sans doute en sa grâce aurait pu nous conduire! »* La plainte de Dach après une apostrophe où il s'exhorte, lui-même et Albert son ami, à faire leur possible et à mettre à profit le temps — *Même tempêtueux, nous saurons le contraindre »* — s'achève sur la haute revendication d'une poésie plus durable que leur tonnelle de courges grimpantes : *« Tous nos vers, si l'esprit y souffle en vérité, Nous mènent d'un coup d'aile au port d'éternité. »*

Nous l'entendîmes volontiers. Pour tous les auditeurs, cela venait du cœur même. Si pour l'instant aucun pouvoir, à peine un peu de renommée leur appartenait parce que le temps présent était uniquement dominé par la guerre et le vol des territoires, les contraintes religieuses et l'avarice à courte vue, ils voulaient, à l'aide de la poésie, devenir puissants à l'avenir et assurer l'éternité à leur renommée. Ce pouvoir petit, un peu dérisoire, leur donnait même la possibilité de recevoir des commandes honnêtement rétribuées. Dans leur présomption d'être plus mortels que des poètes, les riches bourgeois et quelques souverains espéraient, par le moyen de dithyrambes, d'épithalames, d'hommages et d'oraisons funèbres rimées, donc de vers brochés le plus souvent à la va-vite, être portés dans l'éternité sous leur nom propre.

Plus encore que d'autres, Simon Dach gagnait le saindoux de ses tartines par des poèmes de commande. Dans le cercle de ses confrères, dès qu'ils comparaient leurs honoraires, il avait à sa portée une plaisanterie amère : *« Pour s'enterrer ou marier, On m'appelle comme ouvrier. »* Même sa chaire de professeur au Kneiphof récompensait Dach de quelques poèmes panégyriques qu'il avait bâclés à la fin des années trente quand le Prince-Électeur avait fait son entrée dans la ville.

C'est pourquoi, après que l'assemblée eut déposé un tribut de louanges inspirées par la *Plainte de la Tonnelle de Courges,* la sortie à double entente de Gryphius — *« Tu fais dix-huit cents vers quand j'en écris dix-huit : le laurier pousse tard, la courge en une nuit »* — fit l'effet d'une allusion malicieuse à la fécondité alimentaire de Dach. Aussitôt Rist, ayant au préalable loué la morale de cette « Plainte », la reprit de ses références mythologiques, par exemple de la comparaison de Magdebourg détruit avec Thèbes, Corinthe, Carthage, et de l'invocation adressée à la muse Melpomène; il trouvait cela choquant. Aussitôt, avant Zesen, Buchner croisa le fer : il n'y avait pas d'italianisme pour déshonorer ce poème. Tout coulait vivement d'une source allemande. Il fallait bien, pour marquer un contraste, qu'un petit nombre de témoins antiques entrassent dans la somptueuse construction qui défiait tout parallèle.

Assis dans le fauteuil de Dach, le vieux Weckherlin dit : On n'aurait pu mieux conclure. Et Harsdörffer s'écria : Plût au Ciel que nous ayons comme refuge, en ces temps difficiles, une tonnelle de courges assez grande pour nous tous !

En dire davantage eût été superflu. Assez de louange avait recouvert la piqûre de Gryphius. Riant (et comme soulagé) Simon Dach se leva du tabouret placé près du chardon. Il embrassa Weckherlin et conduisit le vieillard à sa chaise. Il fit plusieurs allées et venues devant son fauteuil, le tabouret vide et le chardon en pot. Puis il dit : C'est tout. Il se réjouissait du déroulement toujours paisible. Il voulait, au nom de toutes personnes ici rassemblées, en remercier le Père céleste. Amen. D'ailleurs le colloque, malgré quelques ennuis, lui avait plu. Au repas de midi, avant qu'on ne se sépare dans toutes les directions, il ajouterait encore ceci ou cela. Pour l'instant, il ne savait que dire. Pourtant, à voir l'agitation de Rist et de Moscherosch, il fallait bien qu'il admît la politique, le fâcheux manifeste.

Puis Dach se rassit, appela au premier rang les auteurs de l'appel à la paix et, par précaution, comme une protestation de Logau soulevait des mouvements divers, il ajouta : Mais pas de disputes, mes enfants !

21

Non! s'écria-t-il plusieurs fois. Non, avant qu'on ait regagné la grande salle; non, quand nous fûmes tous rassemblés autour de Simon Dach et du chardon. Et quand Moscherosch et Rist eurent achevé de lire à voix haute les ébauches de manifeste, Logau criait toujours : Non! Après comme avant. Par principe : Non!

Il trouvait tout lamentable : les foudres creuses de Rist; les menues balivernes des regrattiers de Strasbourg; les suaves périphrases qui, nées du calame de Hoffmannswaldau, encoconnaient tout conflit; de Harsdörffer, cette présomption de donner à tous la cadence parce qu'il était d'une ville d'Empire; et l'emploi comme chevilles des mots *Teutsch* et *Teutschland* à chaque tournant de phrase. C'était lamentable, c'était idiot, c'était faux! clamait Logau; il n'était plus d'humeur à s'exprimer en bref mais, à sec d'ironiques raccourcis, avait assez de souffle irrité pour soutenir un long discours, pour déshabiller les manifestes, thèse après thèse, de leur fatras verbeux.

L'homme faisait plutôt chétif, debout à l'arrière-plan, nettement à part des autres; sa parole sabrait l'air par-dessus les têtes de l'assemblée assise : Par une fanfaronnade nourrie de pusillanimité, on avait repris son antienne à chacun des partis. Ici l'on souhaitait le Suédois au diable vauvert, ailleurs on l'implorait à genoux de rester secourable. Une proposition restaurait le Palatinat; la suivante, pour amadouer la Bavière, lui décernait l'Électorat. A dextre on conjurait le vieil ordre des Trois-États; à senestre on abjurait l'injustice traditionnelle. Seule une langue bifide pouvait tout d'une haleine accorder à chaque confession la franchise de son exercice et pourtant menacer toutes les sectes d'une éradication rigoureuse. L'Allemagne, certes, on l'invoquait aussi fréquemment que papistes la Vierge Marie, mais on n'en voyait jamais qu'un petit bout. On assignait comme allemandes les vertus de loyauté, de zèle industrieux, d'honnêteté, mais celui qui en vérité se voyait traiter en Allemand, c'est-à-dire comme une bête, le paysan d'un bout à l'autre du pays, celui-là n'avait dit son mot nulle part. Le ton, quand on parlait de paix, était agressif; de tolérance, intraitable; de Dieu, chicanier. Et quand, après avoir à plaisir rebattu l'Allemagne, on chantait le los de la patrie, on y flairait, mauvais relent d'un intérêt mesquin, l'égoïsme de Nuremberg, la prudence de Saxe, l'angoisse silésienne, la morgue de Strasbourg. Ce texte, à l'entendre, n'était que de pauvretés et de sottises par indigence de réflexion.

Le discours de Logau ne fut pas un pavé, mais un éteignoir : l'embarras prévalut. On se passait de main en main, y jetant à peine un coup d'œil, les deux manifestes : ces brouillons ne différaient que par le style. Encore une fois les poètes n'avaient d'autre certitude que celle de leur impuissance, de leur sensible ignorance des choses politiques. En effet, quand (on ne s'y attendait pas) le vieux Weckherlin se leva pour parler, il était parmi eux le seul qui eût acquis une expérience politique, participé au jeu des forces, tâté du pouvoir, un peu déplacé les pions à quoi il s'était usé.

Sans pédanterie, plutôt gaiement, et en moquant ses trente années de pratique, le vieil homme parlait comme pour lui seul. Ce faisant, comme s'il voulait arpenter les décennies, il allait et venait; ici tourné vers Dach, sur le ton familier; là, comme si le chardon était son seul public. Il parla par la fenêtre ouverte pour les deux mulets au piquet et, tantôt digressif, tantôt ramassé, ouvrit son grand portefeuille. Il n'y avait rien dedans. Sauf qu'il était plein de vent. Son zèle vain. Ses défaites entassées. Comment, semblable à feu Opitz, il s'était fait l'ambassadeur de tous partis possibles. Comment, né Souabe, il était passé au service d'Angleterre, à ce titre au service de Palatinat puis, comme rien n'allait sans le Suédois, comme agent double à celui de Suède. Et comment en portant les missives il n'était arrivé à rien de ce qui avait de tout temps été l'objet de son habileté manœuvrière : engager militairement l'Angleterre au service de la cause protestante. Riant au large d'une bouche largement édentée, Weckherlin maudit la guerre civile anglaise et les divertissements continus de la cour palatine, la dureté froide d'Oxenstierna et la félonie saxonne, les Allemands en général, mais surtout, avec une dilection réitérée, les Souabes : leur avarice, leurs œillères, leur manie de la propreté, leur tartuferie. C'était effrayant, cette haine de toute chose souabe demeurée jeune chez cet homme d'âge, cette amertume qui lui remontait à la bouche avec les travers souabes de l'Allemagne et le teutonisme grandissant des laborieux Souabes.

Il ne se tenait pas lui-même pour quitte, mais qualifia

tous les irénistes de turlupins, de diafoirus et de gribouilles qui, pour éviter le pire, avaient enfoncé le pays dans un durable désastre. Comment, quoiqu'en vain, il n'avait cessé d'alimenter de régiments anglais la guerre de religion allemande; de même, jusque sur son grabat de pestiféré, Opitz, qu'on honorait partout, tentait d'impliquer au massacre la catholique Pologne. Comme si, de Suédois en Français, d'Espagnols en Wallons, il n'y avait pas assez de bouchers étrangers à l'ouvrage dans l'abattoir allemand. On n'avait fait que tout gâter au mieux.

A la fin, le vieillard dut s'asseoir. Il n'avait plus de quoi rire. Étant au bout de son rouleau, il ne put mettre son mot quand alors les autres, Rist et Moscherosch en tête, tournèrent leur haine de toute chose étrangère et française en haine allemande de soi-même. Chacun vida son baquet. Ils vomirent leur colère avec une force élémentaire. L'émotion en chaîne leva l'assemblée de sur ses chaises, tabourets, tonneaux. Ils se frappaient la poitrine. Renversaient les mains. Se lançaient l'un à l'autre la question : où était la patrie si souvent invoquée? Où s'était-elle recroquevillée? Est-ce que ça existait, et sous quelle forme?

Gerhardt, pour prodiguer une consolation aux questionneurs, dit avec assurance : Pour lui, la patrie terrestre, non; la patrie céleste était une certitude!

Andreas Gryphius s'était détaché du peloton, cherchant ailleurs. Il était sur le devant, à côté du tabouret libre, devant l'hémicycle défait; il prit le chardon transplanté, emblème et symbole de leur époque, et le haussa contre le plafond. Ainsi, dans cette posture menaçante, il se déploya puissamment. C'était un géant, un sauvage, un Moïse d'abord gémissant, la langue en travers, puis le train de mots démarra : Stérile, piquant, semé à tout vent, aliment de l'âne, fléau du paysan, fruit d'un Dieu vengeur courroucé et plaie foisonnante, ça, le chardon, c'était ça la fleur et la patrie de tous! – Puis Gryphius laissa choir le chardon Allemagne qui s'écrasa en tessons parmi nous.

Personne n'aurait pu le faire avec plus de grâce. C'était à l'unisson de notre humeur. On aurait dit que nous étions enfin satisfaits et patriotiquement contents de l'expression forte conférée à notre misère. D'ailleurs, au milieu des tessons et de la terre éparse, le chardon était resté intact. Voyez, s'écria Zesen, comment la patrie sort indemne du plus profond abîme!

Tous virent ce prodige. Une joie enfantine s'était répandue au vu de ce chardon intact; le jeune Birken ramassa la terre autour de la racine mise à nu, Lauremberg courut chercher de l'eau; alors seulement, l'assemblée ayant perdu sa virulence, avant qu'elle ne retombât à son bavardage habituel, Simon Dach prit la parole, ayant placé près de lui Czepko. L'instant d'avant, déjà, tandis que s'instaurait par vagues concentriques, puis débouchait en mouvements divers la quête de la patrie perdue, ou tout au moins méconnaissable, ou tout à fait tournée à l'ivraie, tous deux, biffant ici, complétant là, s'étaient affairés sur un papier que maintenant Dach, tandis que Czepko notait par écrit au propre, lut comme dernière mouture du manifeste.

Le nouveau texte se passait des foudres de Rist. Il ne proclamait nulle vérité dernière. Il énonçait en toute simplicité la prière adressée par les poètes à toutes les parties en quête de paix, de ne point passer outre aux soucis des poètes impuissants, mais promis à l'immortalité. Sans dénoncer le Suédois, le Français pour vol de territoires, sans incriminer le maquignonnage bavarois et sans nommer aucune des confessions divisées, les risques possibles et les fardeaux de la paix étaient nommés sous le point de vue de l'avenir : Il pouvait se glisser des motifs de guerres futures dans le document de paix tant désiré; si l'on manquait de tolérance, la paix religieuse si ardemment désirée ne mûrirait que de nouvelles querelles sacrées; mais, s'il vous plaît, que la rénovation de l'ordre ancien n'entraînât pas celle de l'injustice coutumière; et, pour conclure, le souci patriotique des poètes assemblés : Le morcellement menaçait l'Empire au point que personne n'y reconnaîtrait sa patrie jadis appelée allemande.

Cette invocation de la paix de la dernière heure s'achevait en implorant la bénédiction divine et, le texte, à peine mis au net, fut sans autre controverse signé de Dach d'abord, et de Czepko, puis par les autres, enfin par Logau; alors ces messieurs, comme si leurs demandes étaient déjà exaucées, s'embrassèrent qui avec joie, qui avec émotion. Enfin ils étaient sûrs d'avoir fait quelque chose. Puisque le geste large manquait à la proclamation, Rist, à titre de succédané, parla : Ce lieu, ce jour et cette heure étaient importants.

Il aurait fallu sonner les cloches. Mais la clochette à main qui tinta sous la porte de la grande salle avait un moindre motif. Cette fois, ce n'était pas l'hôtesse qui appelait au repas de midi. Greflinger, venu bon dernier signer le manifeste, avait surveillé le grillage du produit de la pêche nocturne.

Quand les poètes à la queue leu leu passèrent de la petite salle dans la grande, personne ne prit plus garde au chardon resté intact parmi les tessons. Tous n'avaient plus envie que de poisson. L'odeur marquait la route, nous suivions.

Simon Dach, ayant serré sur lui le papier d'importance, dut renvoyer ses paroles d'adieu après le repas de poisson.

22

Jamais repas ne fut plus paisible. Le poisson se prêtait à des paroles mesurées, bordant la longue table. Chacun parlait à chacun et de chacun sobrement à mi-voix. Et ils s'écoutaient l'un l'autre sans se couper la parole.

Dès la prière, confiée en dernier lieu par Dach à son ami Albert, l'organiste du Kneiphof et de la cathédrale donna le ton par des allusions bibliques concernant les pêcheries. Il fut ensuite facile de louer la chair blanche des barbeaux, se détachant doucement de l'arête sous la peau grillée; pourtant on ne reprocha rien aux gardons moins appréciés, pleins d'arêtes. On voyait maintenant combien Greflinger en avait pris — outre des tanches, du sandre et un brocheton — la nuit précédente, aux filets ou à la ligne. Sans trêve, les servantes en rapportaient sur des plats plats, tandis que, de la fenêtre, l'hôtesse regardait ailleurs.

On aurait dit que les poissons de Greflinger se multipliaient par miracle. Déjà ceux de Nuremberg, Birken le premier, travaillaient la pastorale. Tous souhaitaient, sinon sur l'heure, mais à l'heure favorable, célébrer en vers le poisson. Et l'eau dans la cruche! s'écria Lauremberg qui, pas plus qu'un autre — Plus jamais! jurait Moscherosch —, n'avait envie de bière brune. Il leur revenait des légendes et contes de nourrices parlant de poissons enchantés, présages de bonheur : l'histoire du turbot qui parle, qui exauce tous les vœux d'une femme de pêcheur avide, sauf le tout dernier. Et les messieurs se marquaient de plus en plus leur réciproque amitié. Quelle joie d'entendre Rist prier son ennemi Zesen de bientôt l'honorer de sa visite à Wedel. (J'entendis Buchner louer l'absent Schottel de collectionner âprement les mots.) Dans une sébile, le négociant Schlegel recueillit du billon et de l'argent à l'intention des servantes; tous donnèrent, même le dévot Gerhardt. Mais quand le vieux Weckherlin, par des tournures courtoises, pria l'hôtesse de quitter la fenêtre pour venir à table afin, malgré et après tout, de lui faire honneur, on vit que la Libuschka, comme si l'été la faisait frissonner, se tenait enveloppée de sa couverture de cheval. Elle n'entendit pas. Elle était absente, le dos voûté. Quelqu'un supposa que par la pensée elle s'attachait aux pas de Stoffel.

Ainsi l'on en vint à parler de lui et de son pourpoint vert. Comme on parlait en paraboles, le jeune brochet isolé fut comparé d'abord à Gelnhausen, puis attribué à son répondant Harsdörffer. Quelques-uns agitaient des projets. Non seulement les éditeurs, Mülben et Endter en tête, pensaient tirer quelques livres de la paix future, mais les auteurs aussi fêtaient déjà la paix, et des cantates de paix leur couraient sous la plume ou leur gambadaient dans l'esprit. Birken envisageait pour Nuremberg une allégorie à tiroirs. Rist voulait donner pour suite à son *Allemagne désireuse de Paix* une *Allemagne chantant la Paix revenue.* Harsdörffer était sûr que la cour de Wolfenbüttel rechercherait des livrets de ballets et d'opéras. (Savoir si Schütz consentirait à fournir la grande musique?)

L'hôtesse n'avait pas laissé de tourner son dos étroit, bossu sous la couverture. Mais après Buchner même Dach ne réussit pas à conduire à la table des poètes la Libuschka ou la Courage, ou bien le rejeton latéral du Comte bohémien Thurn. Il fallut qu'une des servantes (Elsabe?), tandis qu'étaient servis les derniers poissons, dît en même temps qu'une horde de Tsiganes avaient mis leur camp sur le Klatenberg, qu'on avait fermé la porte d'Ems; je vis alors Libuschka dresser l'oreille avec un sursaut d'effroi. Mais quand Dach adressa des paroles d'adieu à tous et, à cette occasion, remercia l'hôtesse, elle était de nouveau comme absente.

Debout, il parcourut d'un regard souriant la longue table, vit les arêtes empilées, nettoyées de la tête à la queue, tenait de sa main gauche le manifeste entre-temps roulé et scellé, mais, lors de son exorde, il n'était pas sans émotion. Mais ensuite, après avoir consacré à la séparation, au départ inéluctable, aux liens durables de l'amitié des paroles mélancoliques s'enchaînant avec peine, il parla, soulagé de ses fardeaux, plus librement et plutôt pour réduire l'importance de leur rencontre, en atténuer le poids : Il voyait de bon cœur que le poisson de Greflinger les avait tous rendus honorables et sincères. S'il fallait recommencer au moment favorable, il l'ignorait ou ne pouvait encore, pour autant qu'on l'en pressât, préciser le lieu et le jour d'arrivée du prochain voyage. Il avait affronté mainte tribulation. Il n'allait pas compter les difficultés. Mais tout compte fait la peine prise avait trouvé sa récompense. Désormais chacun pourrait se sentir moins seul. Et si quelqu'un par aventure se sentait à l'étroit chez lui, menacé d'une nouvelle misère, ébloui d'un faux éclat, sur le point de perdre la patrie, qu'il se souvienne à l'avenir du chardon resté intact en l'hôtel du Pont de Telgte, devant la porte d'Ems, où le langage leur avait ouvert l'horizon, donné son éclat, remplacé la patrie et avait donné un nom à toute la misère de ce monde. Aucun prince n'en pouvait autant qu'eux. Leur pouvoir n'était pas à vendre. Et si on pensait les lapider, les ensevelir sous la haine, une main tenant la plume surgirait encore des décombres. Chez eux, eux seuls, résidait pour toujours ce qui méritait le nom d'allemand : « Car si court que soit, chers amis, le délai qu'il nous est donné de rester ici-bas, chaque vers que notre esprit aura formé vivace aura sa part de durée... »

Dach, dans l'envolée de son discours, ouvrait aux poètes rassemblés la porte d'immortalité quand, dans sa phrase exaltant le vers pérenne, tandis qu'il levait haut le manifeste de paix roulé en cylindre et le vouait aussi à la postérité, l'hôtesse, de la fenêtre, dit d'une voix basse, mais pourtant affûtée en cri : « Au rufe ! » A ce moment, les servantes arrivèrent tout courant et criant. Alors seulement — Simon Dach, immobile, semblait vouloir achever quand même son discours — nous sentîmes tous le feu.

23

Parti du pignon de derrière, dont le toit de roseau dégradé s'effrangeait sur les fenêtres de la grande salle, le feu avait couvé, se frayant un chemin jusqu'au grenier plein de courants d'air où, trouvant un second souffle, il saisit des balles de paille, la paille étendue en litière et l'attirail oublié, poussa des flammes grimpantes dans les contre-fiches pour crever par-dedans les deux plans obliques de la couverture, ronger les planchers, tomber avec les poutres et madriers enflammés dans la grande salle, assaillir le pignon de façade, puis dévaler l'escalier du grenier et occuper les chambres en hâte évacuées le long des couloirs, si bien que bientôt des houppiers de flammes jaillirent au-dehors par chaque fenêtre de mansarde et, s'unissant à la charpente du toit en flammes, donnèrent à l'incendie son suprême éclat.

Je vis cela par les yeux de Zesen l'exalté, de l'infernal Gryph, et chacun vit la chose à sa façon parmi ceux qui laborieusement s'étaient sauvés dans la cour avec leur bagage et avaient précédemment vu en flammes Glogau, Wittenberg ou Magdebourg. Tous les verrous sautaient. Partant du hall d'entrée, la petite salle, la cuisine, le réduit de l'hôtesse et le reste des cabinets du rez-de-chaussée furent forcés. Seul habitant de l'hôtel du Pont restait l'incendie; les tilleuls plantés du côté au vent brûlaient comme des torches. L'air était calme; pourtant il s'envolait des escarbilles. Greflinger, aidé de Lauremberg et de Moscherosch, parvint de justesse à mener les chevaux de l'autre côté de la cour, à pousser les chariots restants dans l'entrée cochère, à atteler les chevaux épouvantés : déjà l'écurie partait en flammes. Lauremberg reçut un coup de sabot d'un moreau, ce qui le rendit boiteux à droite. Personne n'entendit ses plaintes. Chacun ne pensait qu'à soi. Je fus le seul à voir les trois servantes charger de ballots et de casseroles un des deux mulets. Sur l'autre mulet, Libuschka : sans un regard pour le feu, toujours drapée de sa couverture de cheval, calme, comme si de rien n'était; les corniaux gémissaient à ses pieds.

Birken se lamentait, car son journal scrupuleusement tenu était resté au grenier avec le bagage des jeunes. L'éditeur Endter déplorait la perte d'un lot de livres dont il avait pensé se défaire à Brunswick. Le manifeste! cria Rist. Où il est? Qui l'a? Dach avait les mains vides. L'appel à la paix, œuvre des poètes allemands, avait été oublié sur la longue table parmi les arêtes du poisson. En toute déraison, Logau fit mine de rentrer dans la salle d'auberge embrasée : Sauvez le papier! Czepko dut le retenir. Ainsi resta sans être dit ce qui de toute façon n'aurait pas été entendu.

Quand la charpente de l'hôtel du Pont s'effondra, tandis que des fragments de poutres jaillissant d'étincelles, des plaques de roseau fumantes tombaient dans la cour, les poètes et les éditeurs du colloque ramassèrent leurs paquets et cherchèrent l'abri des chariots. Schneuber prit soin de Lauremberg. Harsdörffer aida le vieux Weckherlin. Il fallut appeler Gryphius et Zesen que le feu tenait toujours fascinés, les pousser, et tirer de sa ferveur Paul Gerhardt en prière.

Marthe, Elsabe, Marie firent avancer le mulet de bât et celui que montait la Libuschka : elles partaient. La servante Marie dit à l'étudiant Scheffler qu'on allait au Klatenberg. Il sembla que le futur Silesius voulait rejoindre les Tsiganes. Il allait sauter à bas du chariot quand Marie lui fit cadeau d'une chaînette catholique où pendait, en argent repoussé, la Vierge de Telgte. Sans un salut, sans un regard en arrière, accompagnée de ses servantes, la Libuschka s'éloigna, prenant vers l'Ems extérieure. Les corniaux — on voyait maintenant qu'ils étaient quatre — les suivirent.

Quant aux poètes, ils pensèrent à rentrer chez eux. Trois chariots les menèrent en bon état à Osnabrück où ils se séparèrent. Isolément ou par groupes, comme ils étaient venus, ils prirent le chemin du retour. Lauremberg guérit son coup de pied de cheval au presbytère de Rist. Jusqu'à Berlin, Gerhardt fit route avec Dach et Albert. Les Silésiens rejoignirent leurs pénates sans danger notable. Ceux de Nuremberg, sans craindre le détour, firent leur rapport à Wolfenbüttel. Buchner fut reçu en audience quand il passa par Köthen. Weckherlin reprit son bateau de Brême. Greflinger gagna Hambourg pour y devenir sédentaire. Et Moscherosch, Zesen?

Aucun d'entre nous ne se perdit. Tous nous arrivâmes à bon port. Mais, en ce siècle-là, personne ne nous a de nouveau rassemblés à Telgte ni ailleurs. Je sais combien d'autres colloques nous ont manqué. Je sais qui je fus en ce temps-là. J'en sais bien d'autres. Ce que j'ignore, c'est qui a mis le feu à l'hôtel du Pont, parole!

Index des noms propres

Albert (1604-1651) : Organiste de la cathédrale de Koenigsberg, compositeur.

Balde (1604-1668) : Alsacien, juriste, puis jésuite. A cultivé tous les genres en latin. Carrière d'orateur sacré.

Becker (1561-1604) : Traducteur des Psaumes (1603).

Bernegger (1612-1675) : Juriste de Strasbourg. Iréniste. Informateur de Louis XIII et de Louis XIV.

Birken (1626-1681) : Né en Bohême, fixé à Nuremberg. Précepteur des princes de Brunswick à Wolfenbüttel. Anobli en 1655. « Berger en chef » des Bergers de la Pegnitz en 1662. Pseudonyme : Floridan.

Bœhme (1575-1624) : Fils de paysan, cordonnier, mercier, puis théosophe, exilé de Silésie. A exercé une forte influence sur la mystique baroque. Exhumé par les romantiques.

Buchner (1591-1661) : Saxon; enseigna la poésie et la rhétorique à l'université de Wittenberg. Continuateur d'Opitz; accepte les dactyles (—uu) et les anapestes (uu—) en prosodie. Auteur en 1638 d'un opéra : *Orphée.*

Crüger (1598-1662) : Musicien et compositeur.

Chigi (1599-1667) : Nonce du pape, représenta le Saint-Siège aux négociations de Münster. Élu pape en 1655 sous le nom d'Alexandre VII à l'issue d'un conclave de quatre-vingts jours où son habileté fit merveille, s'il faut en coire le récit que le cardinal de Retz, en fait dans le meilleur morceau de ses *Mémoires.*

Czepko (1605-1660) : D'origine morave, établi en Silésie. Étudia la médecine à Leipzig, le droit à Strasbourg; géra les biens des ducs de Brieg. Publié pour la première fois en 1930.

Dach (1605-1659) : Né à Memel, études à Kœnigsberg, Wittenberg, Magdebourg. Précepteur, puis professeur, enfin recteur à Kœnigsberg. Pro-

tégé par l'électeur de Prusse. La chanson *Annette de Tharau* qui lui fut longtemps attribuée serait due à Albert.

Ebeling (1620-1676) : Musicien et compositeur.

Fleming (1609-1640) : Originaire des Monts Métallifères. Études à Leipzig, couronné poète en 1631. Voyages en Russie et en Perse (1633-1639), se fiance à Reval, obtient le titre de docteur en médecine à Leyde; meurt à Hambourg presque subitement lors de son retour. Maître du sonnet.

Frankenberg (von) (1593-1652) : Silésien. Études dans plusieurs universités. Écrit des textes édifiants inspirés de Bœhme. Cabaliste. Maître d'Angelus Silesius. Ami de Czepko.

« Gelnhausen » (1622?-1676) : Nom sous lequel Grass fait paraître le futur auteur du *Simplicissimus :* Hans Jakob Christoffel von Grimmelshausen. Fils d'un boulanger de Gelnhausen (Hesse), évolua dès douze ans en milieu militaire, des catholiques impériaux aux protestants suédois ou hessois. Vers 1643, devient greffier du régiment Schauenburg cantonné à Offenburg (Bade). S'établit dans la région comme régisseur, castellan, aubergiste (à l'Étoile d'Argent de Gaisbach), enfin maire de village à Renchen où il mourra.

Premier conteur de ce temps. Prosateur cursif, au ton sobre de saga. Prend ses modèles dans le picaresque espagnol. Dépasse le ton picaresque en introduisant la préoccupation du salut dans les atrocités de la guerre. Son Simplicissimus anticipe les naïfs chers à Voltaire. Traducteur libre de Cyrano de Bergerac. A inspiré Grass. De ses trois héros (Simplicissimus, Springinsfeld, Courasche), la troisième a été popularisée — et modifiée — par Brecht.

Gerhardt (1607-1676) : Saxon. Étudiant à Wittenberg sous Buchner. Précepteur. Pasteur en 1651. Refuse de signer l'Édit de Tolérance (1664), ce qui lui vaut d'être mis à pied. Vieux-luthérien strict. Auteur de nombreux cantiques spirituels.

Greflinger (1620-1677) : De Ratisbonne en Basse-Bavière. Orphelin de bonne heure. Après une jeunesse instable, se fixe à Hambourg en automne de 1647. Notaire et éditeur du *Mercure nordique.* Ami de Rist. Poète lauréat en 1653. Pseudonyme : Céladon.

Grotius (1583-1645) : Juriste et diplomate hollandais. Plaida le principe de la liberté des mers. Condamné à la prison perpétuelle, s'évada et s'établit en France. Auteur en 1625 d'un traité où il combat l'esclavage et tente de réglementer les guerres.

Gryphius (1616-1664) : De Glogau en Silésie; fuit la guerre à Danzig;

précepteur. Étudiant à Leyde; apprend dix langues. Nombreux voyages (Hollande, France, Italie). S'établit en 1650 comme syndic des états de Glogau.

Dans *le Turbot,* Grass le montre avec Opitz.

Harsdörffer (1607-1658) : De Nuremberg. Étudiant à Strasbourg. Tour d'Europe. Magistrat et homme d'État dans sa ville natale. Membre de la Société fructifère, de la Compagnie patriotique, fondateur avec Klaj des Bergers de la Pegnitz. Poète, mécène, théoricien. Outre ses *Devis des Dames* (1641-1649) en huit volumes, a publié (1647-1653) un *Entonnoir poétique par quoi l'on peut en six heures entonner la Poétique et la Prosodie allemandes* en trois volumes.

Hoffmannswaldau (Hoffmann von) (1617-1679) : Silésien. Études à Breslau, Danzig, Leyde. Voyages en Angleterre, France, Italie. Établi ensuite à Breslau. Chef de file de la « deuxième école silésienne ». Précieux, recherché, brillant, galant. Reprit le genre de l'héroïde à l'Anglais Drayton qui le tenait d'Ovide. Traduisit le *Pastor fido* de Guarini.

Klaj (1616-1656) : Saxon de Meissen. Étudie la théologie à Leipzig et Wittenberg. Disciple de Buchner. Fonde en 1644 l'Ordre des Bergers de la Pegnitz avec Harsdörffer. Pasteur à Kitzingen.

Knipperdolling : Bourreau au service de l'anabaptiste et lunatique Jean de Leyde à Münster (1535).

Lauremberg (1590-1658) : Né à Soroe dans l'île de Seeland. Étudiant en mathématique à Rostock; voyages en Hollande, Angleterre, France, Italie. Étudie la médecine à Paris et Reims. Enseigna la poésie à Rostock, les mathématiques au Danemark.

Lingelsheim (1582-1637) : Professeur à l'université de Heidelberg.

Lobwasser (1515-1585) : Juriste. Auteur de cantiques spirituels. A mis en allemand les *Psaumes* d'après Marot et Bèze.

Logau (von) (1604-1655) : Baron silésien. Étudia le droit à Francfort. Ruiné par la guerre. Entre au service des ducs de Brieg. Auteur d'épigrammes où il reprend l'immoralité, l'intolérance, l'injustice, le vice et les modes étrangères.

Moscherosch (1601-1669) : Né en Alsace de famille espagnole. Étudiant à Strasbourg. Voyages en France. Conteur et satirique. S'inspira des *Sueños* de l'Espagnol Quevedo.

Neumark (1621-1681) : Thuringien. Précepteur, juriste. En 1656 secrétaire de la Société fructifère. Membre de l'Ordre de la Pegnitz. Cantiques, romans, pastorales.

Opitz von Boberfeld (1597-1639) : Né à Bunzlau sur la rivière Bober en Silésie. Étudiant à Breslau, Francfort, Heidelberg, Leyde. Sans cesse pourchassé par la guerre. Enseigna un an au gymnase de Weissenburg (Alba Iulia) en Transylvanie. Couronné poète en 1625. Au service de la Contre-Réforme, anobli en 1627. Membre de la Société fructifère. Réfugié à Danzig en 1635. Historiographe de la Cour polonaise. Correspondant du chancelier suédois Oxenstierna. Mort de la peste.

Son *Livret de Poésie allemande* (1624) qui fut très suivi le montre en « législateur du Parnasse ». S'y appuie sur Scaliger, Heinsius, Horace et la Pléiade. A pratiqué tous les genres avec plus d'application que de génie. Paraît dans *le Turbot* avec Gryphius.

H. W. Richter : Écrivain allemand né en 1908. Convoqua en 1947 à Munich un colloque des écrivains allemands auquel Grass prit part. Chacun y lut des extraits de ses œuvres. Ainsi prit naissance le Groupe 47 qui depuis s'est réuni chaque année. Le présent ouvrage est conçu comme un hommage à H. W. Richter pour son soixante-dixième anniversaire. La figure de Simon Dach n'est évidemment pas sans ressembler à celle de Richter... mais il serait vain de chercher à percer le détail des allusions faites par l'auteur à ses contemporains sous l'habit de l'Allemagne baroque.

Rist (1607-1667) : Né dans le Holstein, il y a vécu. Fils de pasteur, pasteur lui-même à Wedel depuis 1635. Poète couronné en 1645, anobli en 1653. Membre de la Société fructifère, fonda en 1656 l'Ordre du Cygne de l'Elbe. Disciple d'Opitz. Polémique avec Zesen.

Roberthin (1600-1648) : Vécut en Prusse orientale. Études et voyages en France, Angleterre, Italie. Ami de Dach.

Rompler von Löwenhalt (1604-1658) : Franconien; magister à Strasbourg où il fonda en 1631, avec Schneuber, la Sincère Société du Sapin qui groupait les écrivains protestants d'Allemagne du Sud.

Scheffler (1624-1677) : Silésien; orphelin à 15 ans; études à Breslau, Strasbourg, Leyde, Padoue. Découvre les mystiques à Leyde. De retour en Silésie où il exerce la médecine, fréquente Frankenberg et Czepko. Se convertit au catholicisme (1653), ordonné prêtre en 1661. Vit retiré au chapitre de Breslau, où il mourra de tuberculose à force de macérations. Résume et couronne, dans son *Pèlerin chérubinique* (1674), le courant mystique silésien. Expression souvent paradoxale. Polémiste antiprotestant. Influença le piétisme et les romantiques. Pseudonyme : Angelus Silesius.

Schneuber (1614-1665) : Fondateur en 1631, avec Rompler, de la Sincère Société du Sapin à Strasbourg.

Schottel (1612-1676) : D'Einbeck en Saxe-Thuringe. Études à Hildesheim, Hambourg, Leyde, Wittenberg. Chambellan du duc de Brunswick et diplomate. Membre de la Fructifère et de la Pegnitz. Puriste. Grammairien. Envisage la constitution d'un dictionnaire.

Schupp (dit Schuppius) (1610-1661) : On se fût attendu à trouver Johann-Balthazar Schupp au rendez-vous de Telgte, car en 1647 il était à Osnabrück en qualité de négociateur du landgrave de Hesse. Né à Giessen (Hesse), étudiant à Marbourg. Précepteur, orateur, professeur, pasteur, satirique et moraliste. Il se peut que Grass se soit substitué à lui pour conter son histoire à la première personne.

Schütz (1585-1672) : Saxon. Compositeur. Le landgrave de Hesse l'envoya travailler à Venise sous Gabrieli. De 1617 à sa mort, maître de chapelle de l'électeur de Saxe. Fondateur de la musique allemande par ses *Psaumes* (1619), son *Oratorio de Pâques* (1623), ses *Cantiones sacrae* (1625), son opéra *Daphné* (paroles d'Opitz) (1627), ses symphonies et *concerti,* etc. Ses *Sept Paroles du Christ* datent de 1645. Engage une masse de moyens musicaux au service d'une stricte foi luthérienne.

Copenhague lui servit d'asile plusieurs fois pendant les guerres.

Spee von Langenfeld (1591-1635) : Rhénan. Étudie chez les jésuites de Cologne et de Trèves. Magister puis prêtre (1621) enseigne les sciences morales aux collèges des jésuites de Cologne, Spire, Worms, Mayence. Prédicateur à Paderborn, Bamberg, Wurtzbourg; confesseur de sorcières, il en accompagne deux cents au bûcher en deux ans. Professeur à Cologne et Trèves. Contracte la peste en visitant un hôpital militaire. Premier poète lyrique du catholicisme baroque; emprunte à l'Espagne. Sa *Cautio Criminalis* (1631) exprime son horreur des procès de sorcellerie. Exhumé par les romantiques.

Tscherning (1611-1659) : Silésien réfugié à Rostock; professeur. Disciple d'Opitz.

Weckherlin (1584-1653) : Souabe. Juriste à Tübingen. Voyages en France, Angleterre. Secrétaire ducal à Stuttgart (1609). Secrétaire du comte palatin à Londres (1620). Confident des rois d'Angleterre Jacques Ier et Charles Ier. Sous-secrétaire d'État (1625). De 1644 à 1649, secrétaire du Parlement aux Affaires étrangères. Bon connaisseur de la Pléiade, des Anglais et des Espagnols. Polyglotte distingué. Introduisit en allemand le sonnet à la française et le vers alexandrin.

Zesen (von) (1619-1689) : Saxon. Études à Halle, Wittenberg, Leipzig, Leyde; magister. En 1642, fonde à Hambourg la Confrérie Patriotique (ou Ordre des Fleurs) qu'il préside. Ses voyages le conduisent à Londres, Paris, La Haye, Köthen, Amsterdam, Nuremberg, Ratisbonne, Vienne. Membre de diverses sociétés. Anobli en 1653. Fixé à Hambourg en 1683. Vivait exclusivement de sa plume, donc misérablement. Réformateur du langage, de l'orthographe.

Zincgref (1591-1635) : De Heidelberg. Étudiant *loco.* Voyages d'études en Suisse, France, Angleterre, Hollande. Ruiné en 1623 par la guerre. Secrétaire d'ambassade français à Strasbourg, Stuttgart. Greffier à Kreuznach, Alzey. Meurt de la peste. A publié Opitz en 1624. Son premier ouvrage s'intitule : *Facéties des Collégiens* (1618).

Localités

Bevergern : Sans doute contraction de deux mots : « Bevern... gern » Öst et Westbevern : deux localités sur la rivière Bever, à quelques kilomètres au nord de Telgte.

Bragoditz : Localité de Bohême; phonétisme allemand pour Prahatice à 35 km à l'ouest de Budejovice (Budweis).

Coesfeld : Localité de Westphalie, à 36 km à l'ouest de Münster.

Dülmen : Localité de Westphalie, à 30 km au sud-ouest de Münster

Glückstadt : Localité du Holstein, alors danoise, située sur la rive droite de l'embouchure de l'Elbe.

Köthen : Ville de Saxe à mi-chemin entre Magdebourg et Leipzig. Résidence du prince Ludwig von Anhalt-Köthen (1579-1650), président de la Société fructifère, auteur lui-même en 1640 d'une brève *Introduction à l'Art poétique allemand* où il recommande la correction grammaticale, décrit les pieds, vers, strophes, genres. Après la charrue de Luther, le râteau de Köthen a constitué l'allemand littéraire moderne.

Lemgo : Ville de Westphalie, 30 km à l'est de Bielefeld.

Lippstadt : Localité de Westphalie, à 66 km au sud-est de Münster, 23 km à l'est-nord-est de Soest.

Lissa : Localité de Pologne occidentale. Gryphius y publia ses premiers sonnets (1638).

Œsede : Localité de Westphalie, située à proximité d'Osnabrück, au sud de cette ville.

Soest : Localité de Westphalie, à 40 km à l'est de Dortmund. Simplicissimus s'y fit une réputation.

Tecklenburg : Localité de Westphalie, située au pied des collines de Teutoburg, à 25 km à l'ouest-sud-ouest d'Osnabrück.

Telgte : Localité de Westphalie, située sur le cours supérieur de l'Ems, 12 km à l'est de Münster, 42 km au sud d'Osnabrück, villes où se négocièrent les traités dits de Westphalie (1648).

Vechta : Localité de Basse-Saxe, à 54 km au nord d'Osnabrück.

Warendorf : Localité de Westphalie, à 15 km à l'est de Telgte et 27 km de Münster.

Wedel : Localité située sur l'embouchure de l'Elbe, rive droite, en aval de Hambourg.

Wolfenbüttel : Localité du Brunswick, à 12 km au sud de cette ville. Résidence des ducs de Brunswick.

Sociétés de langage

Confrérie patriotique : Société de langage fondée en 1642 à Hambourg par Zesen et appelée aussi Ordre des Fleurs.

Ordre du Cygne de l'Elbe : Société littéraire fondée en 1656 par Rist à Lubeck.

Ordre du Palmier : Nom pris en 1651 par la Société fructifère dont l'emblème était un cocotier et la devise : « Tout pour servir. »

Sincère Société du Sapin : Société de langage fondée à Strasbourg en 1631 par Rompler, Schneuber et Moscherosch. (C'est en 1602 qu'est noté à Strasbourg le premier sapin de Noël.)

Société des Bergers de la Pegnitz : (La Pegnitz est le cours d'eau qui arrose Nuremberg) ou « Ordre couronné des Fleurs ». Cette compagnie fut fondée en 1644 par Klaj et Harsdörffer.

Société fructifère : Fondée à Weimar en 1617 pour la défense et illustration de la langue allemande et présidée par le prince Ludwig von Anhalt-Köthen, elle compta jusqu'à 457 membres en 1647. Chacun d'entre eux, pour effacer les distinctions entre nobles et bourgeois, portait un pseudonyme souvent bizarre. A servi de modèle aux autres sociétés de langage du temps. Disparaît vers 1680.

DU MÊME AUTEUR

Le Tambour
roman
Prix du meilleur livre étranger
Seuil, 1961
et « Points », n° P347

Le Chat et la Souris
roman
Seuil, 1962
et « Points », n° P417

Les Années de chien
roman
Seuil, 1965
et « Points », n° P419

Les plébéiens répètent l'insurrection
théâtre
Seuil, 1968

Évidences politiques
Seuil, « Combats », 1969

Anesthésie locale
roman
Seuil, 1971

Théâtre
Seuil, 1973

Journal d'un escargot
récit
Seuil, 1974

Le Turbot
roman
Seuil, 1979
et « Points », n° P418

Une rencontre en Westphalie
roman
Seuil, 1981

Les Enfants par la tête ou
les Allemands se meurent
récit
Seuil, 1983

La Ballerine
essai
Actes Sud, 1984

Essais de critique (1957-1985)
Seuil, 1986

La Ratte
roman
Seuil, 1987
et « Points », n° P710

Écoutez-moi : Paris-Berlin, aller, retour
(avec Françoise Giroud)
Maren Sell, 1988

Tirer la langue
récit
Seuil, 1989

Wang-Loun
(de Alfred Döblin)
essai
Éditions Fayard, 1989

Propos d'un sans-patrie
Seuil, « L'histoire immédiate », 1990

L'Appel du crapaud
Seuil, 1992
et « Points », n° P15

Toute une histoire
roman
Seuil, 1997

Mon siècle
Seuil, 1999

IMPRESSION : BUSSIÈRE CAMEDAN IMPRIMERIES À SAINT-AMAND (CHER)
DÉPÔT LÉGAL : NOVEMBRE 1999 : N° 40361 (994610/1)